Als niemand mehr die Kühe melken wollte

Impressum:

© **2021 Peter Haller**

Herausgeber: PEPO Peter Haller

Autor, Illustrationen, Text: PEPO Peter Haller

Namen und Personen sind frei erfunden. Allfällige Ähnlichkeiten mit lebenden Personen wären zufällig.

Verlag & Druck:

tredition GmbH, Halenreie 40-44, 22359 Hamburg

ISBN 978-3-347-26235-5 (Paperback)
ISBN 978-3-347-26236-2 (Hardcover)
ISBN 978-3-347-26237-9 (E-Book)

KAPITELVERZEICHNIS und Homepage Seite 191

KAPITEL 1

Es war ein Morgen im Januar im Jahre 2065, als Jana in ihrem Zimmer aufwachte. Sie wohnte unter der Woche im Schulwohnheim und hatte täglich 6 Stunden Unterricht. Sie war 13 Jahre alt und interessierte sich für Musik und Gesang, Sport war nicht so ihr Ding. Trotzdem musste sie jeden Tag eine halbe Stunde im Bubblegarten zur Gymnastik präsent sein. Irgendwie hatte sie heute wieder das Gefühl, dass die Luft eigenartig künstlich schmeckte. Aber das war immer so wenn sie in der Schule war.

Zuhause war das schon etwas anders, bei ihren Eltern und ihrer Schwester Sara und Bruder Eden konnte sie so etwas wie frische Luft geniessen. Die Eltern hatten eine riesige Tierfabrik in der Kühe für Milch und Fleisch gezüchtet wurden, und ausserdem eine grosse Fischzuchtanlage in einem künstlichen See. Hier durfte sie ab und zu mit ihren Geschwistern die wenigen zugänglichen Orte, die für A1 Menschen nicht vorgesehen sind, besuchen. Denn sonst lebten diese ausschliesslich in sogenannten Bubbles oder abgeschlossenen Lebensräumen. Ausserhalb dieser, lebten die Kombis, sogenannte Arbeitsmenschen, welche alles

Technische und Bauliche, sowie den Unterhalt der Anlagen besorgten. Die Kombis waren Menschen, die bei der Geburt gechipt wurden und sind eigentlich nur Befehlsempfänger und leben in sogenannten Iglu Stationen und werden dort mit hochwertiger Nahrung intravenös versorgt.

Jetzt war sie aber wieder in der Schule, und musste hier ihre Ausbildung fortführen. Sie stand also auf und schaute vor dem Duschen zuerst auf den Monitor, worauf ihre Gesundheitsdaten erschienen. Diese wurden ständig durch ihren implantierten Mini-Clip im Ohrläppchen überwacht. Schien alles in Ordnung zu sein, musste ja, sonst hätte das System schon Alarm geschlagen und sie hätte meinen Wohnraum nicht verlassen können. Seit den brutalen Pandemien in den 20er Jahren waren die Regelungen sehr streng und jeder Virus oder Bakterienbefall, würde sofort zu einer konsequenten Quarantäne führen. So aber ging sie Duschen und machte sich frisch. Anschliessend zog sie ihre desinfizierten Kleider und Schuhe an und meldete sich als Ready. Es war etwa halb 8 Uhr da öffnete sich die Tür zu ihrer Wohneinheit, sie stieg in den bereitstehenden Body Lift und liess sich ins Frühstücks-Center chauffieren. Hier fanden sich von allen Seiten langsam ihre Mitschüler ein. Da war eine lange Linie mit ausgesprochen appetitanregenden keimfreien Speisen aller Art, welche man auf Knopfdruck auf sein Tablett ordern konnte. Sie entschied mich für knusprig gebackenen Tölpeleier auf Seetang mit Brötchen und Schokoladenmilch. Sie setzte sich an ihrem Platz, als auch schon ihre beiden besten Schulfreundinnen dazukamen. Jarusa ein dunkles lustiges Mädchen das ständig lachte und gute Laune verbreitete und Juniana ein Mädchen mit Zöpfen mit asiatischen Gesichtszügen. Wir waren viel zusammen und musizierten und sangen in der Freizeit, dazu gab es in unserer Schule Musiodom mit vielen Instrumenten. Es gab aber auch eine Videodom, Bibliodom und ein Mediadom.

Wir konnten alles benutzen das unserem Alter entsprach. Unser Clip am Ohr gab jedes Objekt frei das altersgerecht war. Wir hatten aber auch die Möglichkeit als Gruppe in einen höheren Level eingestuft zu werden, wenn die erforderte Reife gesamthaft erreicht war. Wir waren bereits auf dem Level für 14jährige. Dies muss aber schulisch und in der täglichen Verhaltensweise immer wieder bestätigt werden. Denn es besteht durch das Benotungs- und Belohnungssystem die Vari-

ante ungenügende Gruppen wieder zurückzu-
stufen.

Nach dem Morgenessen fuhren wir mit dem Body Lift in unseren Studientrakt. Die Türe öffnete
sich und wir betraten unsere Lerneinheit, die jeweils für 20 Schüler eingerichtet war. Diesen waren pro Einheit immer 10 Mädchen und 10 Kna-
ben zugeteilt. In unserem Trakt waren rund 100
solcher Einheiten, die jeweils getrennt voneinan-
der ihren Lernstoff, Sport oder sonstige kulturelle
Anlässe durchführten. Es gab aber auch Anlässe
Theater, sportliche Wettkämpfe im Bubblegarten,
da waren rund 10 Einheiten also 200 Schüler mit
speziellen durchsichtigen Gesichtsmasken zu gelassen. An diesem Freitag war es wieder so weit,
es gab einen Wettbewerb im Sprintfussball. Die
wurden jeweils immer als Klassenwettbewerbe
bestritten, so musste jeder Teilnehmer zwei Mal
einen hundert Meter Sprint mit dem Ball in der
Hand absolvieren und jeweils nach Abschluss
den Ball aus 16 Metern fünffach in ein Tor schies-
sen. Die Gesamtzeit und erzielten Tore wurden
zusammengezählt und ergaben die Wertung für
unsere Einheit. Wir waren in den letzten Wochen
immer etwa um Rang fünf bis sieben klassiert.
Einfach sportlicher mittelmässiger Durchschnitt.

Jeder setzte sich nun an seinen Platz, es war kurz vor halb Neun. Der grosse Videobildschirm fing an zu flackern und es erschien unsere Videolehrerin Madame X5 und begann mit dem Unterricht. Bei ihr hatten wir elektronische Alltagsbewältigung. Ein äusserts wichtiges Fach, da sich unser Leben in den letzten rund 20 Jahren explosionsartig veränderte hatte. Auch die täglichen neuen Herausforderungen mussten erlernt und auch geübt werden. Madam X5 war eine digitale Person und war für uns bei Notfällen immer erreichbar. Wichtig aber war, dass wir möglichst wenig Hilfe beanspruchten sollten und uns schon während dem offiziellen Unterricht die nötigen Informationen beschaffen. Die Losung lautete, je weniger wir sie brauchten, umso höher wurde unser Schullevel eingestuft. Nach dieser Lektion hatten wir 20 Minuten Pause, und durften ins Pausodom, hier konnten sich die gesamten 10 Einheiten einfinden. Es hatte Getränke, und wir durften uns frei bewegen und auch mit anderen Einheiten Gespräche führen.

Nach der Pause begaben wir uns wieder zurück in unsere Lerneinheit, wo sich bereits Referendar Hausmüller hinter einer dicken Glasscheibe eingefunden hatte. Hausmüller war ein Mensch der etwa 1 Meter 80 gross, blasses Gesicht und einen wirren Haarschopf. Seine Zuständigkeit war Bauphysik und Baustatik. Durch die enormen Veränderungen der Landschaften und steigenden Meeresspiegel, waren extreme Verhältnisse für die noch überlebenden Menschen angesagt. Darum waren Visionen, wie man überleben konnte ein absolutes Muss. Die ständigen Anpassungen an die Umwelt erforderte eine völlig neue Strategie der Beförderung, sowohl des Verkehrs mit Menschen und Tieren wie auch von Warentransporten. Darum wurde dieses Fach ganz besonders gefördert, um die anstehenden Herausforderungen der Zukunft meistern zu können. Das völlig neue gegenüber früheren Jahrzehnten, war flexibel bauen zu können, das heisst Gebäude und Transportmittel mussten einem sich ständig bewegenden Untergrund anpassen können.

Es ging in die dritte Stunde unsere Kommunikation kam zum Zuge. Unsere Weltsprache die bisher auf dem englischen basierte, wird seit 2062 langsam durch die Hybra-Sprache ersetzt. Das englisch erwies sich als zu grobmaschig und zu wenig präzise. Die neue Weltsprache hat wesentlich mehr Worte für verschiedene Begriffe wie zum Beispiel Liebe und lehnt sich da wieder an alten

Sprachen wie hebräisch an, die allein 12 Begrifflichkeiten in diesem Wort auseinanderhalten kann.

So die Elternliebe, Geschwisterliebe oder die liebe zu meinem Partner different bezeichnet sind. Wir hatten auf unseren Powerbooks, die jeder Schüler immer auf sich trug, die Möglichkeit in unserer bisherigen Muttersprache sowie englisch und eben der neuen Sprache Hybra zu kommunizieren. Dies hatte der Vorteil, dass jeder neue Schüler von Beginn weg in seiner Einheit verstanden werden konnte und selbst auch verstehen konnte. Durch den Zufall das meine beiden Schulfreundinnen Jarusa und Juniana aus Gegenden kamen in welcher englisch nicht ihre Muttersprache war, tat dies dem fröhlichen «Gequassle» des Trios keinen Abbruch, im Gegenteil so lernten sie die neue Sprache noch viel schneller. Wir waren alle drei vom selben Jahrgang, das J im Namen war der 2052 geborenen zugeordnet. Es kamen alle Buchstaben des Alphabets zu Zuge, und fingen alle 25 Jahre von neuem an. Einzig den Buchstaben X durfte nur von digitalen Personen mit einer Zusatznummer getragen werden.

Nach dem Mittagessen hatten wir meist Lernproben, Gymnastik und selbstgestaltete Kultur wie

Musik, Malen oder handwerkliche Arbeiten. Zum Schulschluss gegen 16.15 Uhr konnte sich jeder für sich entscheiden, ob er bis zum Abendessen um 19 Uhr mit seinem Body Lift in sein Zimmer möchte, oder mit einer Gruppe von maximal 20 Schülern im Playdom verbringen wollte. Hier konnte man die Zeit mit allen erdenklichen Spielen vertreiben. Lesen, Zeichnen, Musik hören, Quatschen und vieles mehr. Pünktlich um 19 Uhr war Essensausgabe, dass man sich auf Bestellung am Morgenessen unter 10 Menus aussuchen konnte. Zu mittags gab es immer nur 2 Varianten zur Auswahl. Nach Beendigung des Nachtessens durfte unser Jahrgang bis 20.15 Uhr im Essbereich bleiben, um anschliessend in ihre Zimmer gehen zu müssen. Diese wurden zur Körperpflege, allfälligem Nachfragen bei Madame X5 und sonstigen Kleinigkeiten genutzt. Um Punkt 22 Uhr war Lichter löschen, um die benötigte Anzahl Ruhestunden erreichen zu können. Je nach Jahrgang und Einheit wurde dies bis maximum 23.30 Uhr verlängert.

So ging es 5 Tage unter der Woche in ähnlichem Stil weiter, bis jeweils Freitagnachmittag noch als Abschluss den bereits erwähnten Sportevent. Wir hatten uns vorgenommen dieses Mal einen Platz

unter den ersten vier zu erringen. Leider hatten
wir riesiges Pech und mussten nach zwei ver-
letzungsbedingten Ausfällen, den neunten und
zweitletzten Platz in kauf nehmen. Das war sehr
traurig, aber wir waren sehr bald wieder guter
Dinge, da wir nach einem Zimmeraufenthalt nach
Hause entlassen wurden. Ihr Zuhause war etwa
1000 Kilometer entfernt, auf einer nicht überflu-
tenden Vulkaninsel in deren Caldera ihre Eltern
die Fabrik mit Kuh und Fischzucht betrieben.
Wieder war es einmal Zeit sich fürs Wochenende
von ihren Freundinnen zu verabschieden. In ihrem Zimmer öffnete sie einen Schrank, in dem ihr
Reiseanzug hing. Dieser war hauteng und hatte

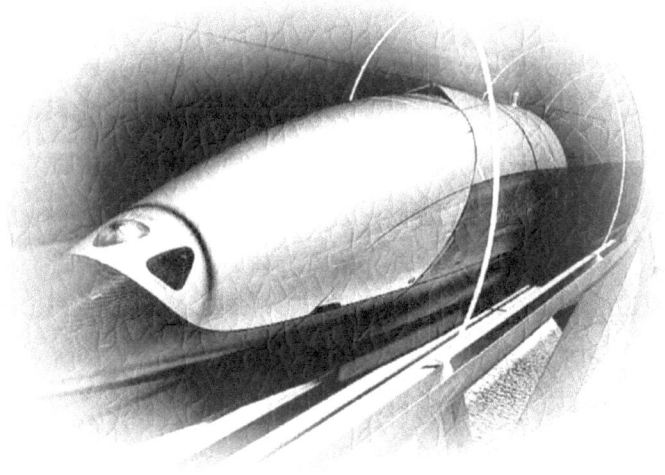

eine integrierte Gesichtsmaske, in die Sauerstoff und Beruhigungsgase geleitet werden. Dazu packte sie ihre benötigten Sachen in einen kapsel-artigen Koffer und begab sich mit dem Body Lift in die HyperVakuum Station.

Hier wurde sie empfangen und alles an ihr sehr genau kontrolliert. Es schien alles in Ordnung zu sein, der Operateur, ein Kombi glich alles wie Ort

und Ziel mit meinem Chip im Ohr ab. Sie musste sich in ein Magnetgeschoss circa eine 2 Meter lan-ge Metallhülse legen, die daraufhin verschlossen wurde. Es beruhigte sie, dass sie in etwa 10 Minuten bei ihr Zuhause sein würde. Der Kombi schob sie in ein Rohr deren Magneten ihre Funktionen aufnahmen, er schloss die Tunnelöffnung hinter ihr, mit einer runden Luke.

Sie spürte nur einen kurzen Ruck und war mit rund 6000 Km/h unterwegs nach Hause. Als ob es nur Sekunden gedauert hätte, wachte sie aus dem Halbschlaf auf und schaute in das lachende Gesicht ihrer kleinen 4 Jahre alten Schwester Sara.

Kapitel 2

Die Sonne schien es war Freitag die Schüler gingen ins Weekend, einer der vielen Jobs, die der Kombi Lehrling 4711 im Schultrakt des Bubbles 222 zu tun hatte, war in der HyperVakuum Station die Schüler für die Heimreise abzufertigen. Er war ein privilegierter Kombi, den er durfte in der Nähe der Schule in einer grossen Siedlung, von etwa 10'000 Einwohner leben, die normale Nahrung zu sich nehmen durften. Die meisten Arbeitsklone wurden sonst meist intravenös ernährt, da sie in Umgebungen lebten, welche völlig verseucht waren und die Böden nur noch bedingt fruchtbar.

Es ging jeden so Freitag darum die rund 2000 Schüler sicher durch die Magnetrohre nach Hause zu bringen. Dies wiederholte sich bei der Rückkehr, die nach einem genauen Plan ab Sonntagabend bis spätestens am Montagmorgen wieder in den Schulalltag zurückkehrten.
4711 war an einer der 20 Kapselstationen, welche die Schüler benutzen konnten, und trat Punkt 15 Uhr zu seinem Dienst an.
Die Welt hatte sich nach mehreren grausamen Pandemien, darauffolgenden im Jahre 2045, also 100 Jahre nach der Beendigung des 2. Weltkrieges

eine Serie von weltweiten Erdbeben mit stärken bis zur Magnitude 9.8 völlig verändert. Es gab eine bis jetzt nicht bekannte Anzahl Toter und es würde vermutlich noch Jahrzehnte gehen, bis alles wieder überschaubar war. Eine Gruppe steinreicher Industrieller hatten das Zepter übernommen und versuchten aus den übriggebliebenen Ressourcen mit einer der Umwelt angepassten Strategie entgegenzutreten.

Nur die eine Variante, friss oder stirb, hatte noch Geltung. Es wurden aus den privilegierten Kreisen die A1 Menschen, welche ausser einem Chip zur Selbstkontrolle keine Veränderungen an ihrem Körper erfahren mussten. Sie hatten Gefühle wie sie dem Menschen von der Natur mitgegeben wurden. Ganz anders die Kombis, welche aus allen möglichen Gegenden mit knapper Not die diversen Katastrophen überlebt hatten. Tausende irrten ziellos umher, waren durch das erlebte in den Wahnsinn getrieben worden. Die körperlich überlebensfähigen wurden in grosse Hirnlabore gebracht, wo ihnen ein sogenannter Weichchip in den Kopf eingepflanzt wurde. Dieser bewirkte das sämtlich menschlichen Regungen durch Befehle der Leitstation ersetzt wurden und so unter Kontrolle waren, ab diesem Zeitpunkt gehorchten sie jeder Anordnung, die sie erhielten. Es waren einfach lebende gefühlslose Roboter. Gebärfähige und körperlich geeignete Frauen wurden künstlich befruchtet, um den Nachwuchs sicherzustellen, denn auch die Kombis waren sterblich. So wurden den Neugeborenen jeweils direkt nach der Geburt ihr Chip eingepflanzt, wo alle ihre Daten mit ihrer zuständigen Nummer enthalten waren. Sie waren also eine neue Generation Sklaven ohne Gefühle.

4711 fing wie gewohnt seinen Dienst an, und hatte eine Liste mit rund 100 Schülernamen, die er nach genauer Kontrolle bis um 21 Uhr durch die Magnetrohre schicken musste. Es war kurz nach 16.30 Uhr als sich die Schleuse öffnete und Jana in ihrem Hyperanzug zur Abreise fertig seine Station betrat. Er kannte sie, da ihm ihre Einheit seit Semesterbeginn zugeteilt war. Sprechen ging nur über Mikrofone und bestanden nur durch emotionslose Anweisungen. Irgendwie schien es ihm, aber wenn er jeweils die Türe zum HyperVakuum Rohr öffnete, dass sich etwas bisher Unbekanntes in seinem Körper jedes Mal stärker bemerkbar machte. Er musste sich beeilen hatte er doch pro Schüler gerade 3 Minuten Zeit. Aber diese seltsame Befindlichkeit liess ihm keine Ruhe, als er Jana in seiner Kapsel liegen sah, kam irgendwie plötzlich eine Art Emotion in ihm hoch. Es war, als ob er das was er da sah als wunderschön empfand und dies auch genoss. Anschliessend waren auch noch Janas Freundinnen Jarusa und Juniana an der Reihe. Knapp vor 21 Uhr hatte er seine heutige Schicht beendet und durfte nach Hause.

4711 fuhr mit einem Elektro Scooter in das ein paar Kilometer entfernte Zuhause. Es war ein vor etwa einem Jahrzehnt erstellte Stadt für Kombis, welche nach der «Bechipung» ihren Wohnraum zugeteilt bekamen. Das Städtchen hatte nur eine Zufahrtsstrasse, da fast alle übrigen Kombis mit der Schule, dem Catering, Unterhalt der gesamten Anlage etwas zu tun hatten. Glücklicherweise war das Tal von vielem verschont geblieben und lag am Eingang des Maggia Tales in der Schweiz. So konnten die Einwohner auf Befehle der Leitzentrale hin Wanderungen unternehmen, und beugten so vielen Krankheiten vor. Etliche der bereits insgesamt fünfzig Kombistädtchen hatten viele gesundheitliche Ausfälle in ihrem Leistungsausweis, auch allgemein extremere Probleme als dies in dieser Siedlung der Fall war. Die meist ungesunden Umgebungen und die intravenöse Ernährung schien nicht das glücklichste Prinzip zu sein. Es gab aber an anderen Orten kaum die Möglichkeit dies kurzfristig verbessern zu können.

Die Erde hatte sich nach den diversen Katastrophen zu einer stark Lebensfeindlichen Umgebung entwickelt. Der Permafrost war kaum noch irgendwo vorhanden, die Pole abgeschmolzen, vielerorts traten grosse Mengen Methangas aus, dass man ohne Sauerstoffmasken nicht mehr überleben konnte. Aber auch die riesigen Gebirgs-

20

ketten bröckelten überall weg, täglich grosse Fels-
stürze erlaubten kaum noch diese Regionen zu
besuchen. In Wüstengebieten stiegen die Temperaturen bereits auf über 90 Grad, wurden aber
wiederum durch Orkane heimgesucht die Ge-
schwindigkeiten von bis zu 320 Km/h erreichten.
Durch die diversen Erdbeben und Schneeschmel-
zen war der Meeresspiegel um fast 150 Meter gestiegen, die durch die Beben verursachten Boden-
senkungen, liessen die ganze Po Ebene mit der
Grossstadt Milano in den Fluten versinken. Die
weltbekannten Orte wie Venedig fast spurlos aus-
gelöscht, unfassbare Kulturschätze einfach verschwunden, mit abertausenden Menschen die nur
in diesem Teil des Planeten ums Leben kamen.

Die Kombis hier an der Maggia hatten die Aufgabe das riesige Schulcenter zwischen den von mehreren Erdbeben zerstörten Ascona und Locarno
zu betreuen. Dieses wurde von der noch bestehenden Hochfinanz in den immer mehr aufkom-
menden digitalen Währungen bezahlt. Kombi
4711 hatte Samstag und Sonntagmorgen zu seiner
freien Verfügung, das heisst die Zeiten für Essen
und Schlafen mussten penibel eingehalten werden. Zur freien Verfügung heisst bei den Arbeitsmenschen, dass diese Zeit für ihre persönlichen

Bedürfnisse geplant war. Dies wurde in einer genauen Abfolge jeden Tag durch elektronische Impulse festgelegt. Die Fähigkeit Kochen zu können wurde durch eine spezielle Software bestimmt und war in den meisten Kombi Stationen sonst nicht üblich. Die dazu benötigten Nahrungsmittel wurden täglich pro Einheit in die WG Wohnstationen per Kapsellift angeliefert. Ihre Körper wurden nach genauen programmierten Anweisungen fit gehalten und nach vorgegebenen Trainingsprogrammen ausgeführt. 4711 wohnte in einer WG mit 4 Personen-Haushalt die etwa im gleichen Alter waren. Er in der WG zusammen mit den Kombis 4712 bis 4714 eingeteilt, es waren vor allem körperliche Fähigkeiten, welche für die Zusammensetzung der Gruppen eine Rolle spielte. Ob männlich oder weiblich war eigentlich egal, da weder Emotionen noch Gefühle vorhanden waren die weitgehend durch die Software ausgeschaltet war, gab es keine Probleme.

Ausnahmen bildeten nur weibliche Personen deren Gendatenbank positive Werte für bestimmte Arbeiten die Kombis verrichten mussten in ihren Genen besassen. Diese wurden in einem speziell abgeschirmten Trakt künstlich befruchtet, um so den nötigen Nachwuchs bei den Kombis sicherzustellen. Die Schwangerschaft und die Geburt, sowie die ersten 3 Lebensjahre der bereits gechipten Kleinkinder, verbrachten sie mit ihren Müttern zusammen. Danach wurden sie in gemeinsamen Klassen interniert und bis zu ihrem 15. Altersjahr Software mässig für ihre kommenden Aufgaben für die Dienste an den A1 Menschen vorbereitet.

Für 4711 war heute Sonntagmorgen vor allem Bewegung und Gymnastik angesagt. So gab es einen Fitnesspfad entlang des Flusses Maggia den er nach seinem Formstand zwei Mal zu bewältigen hatte. Die genaue Flüssigkeitszufuhr wurde ihm auf einem kleinen Armbandmonitor angezeigt. Anschliessen war Nahrungsaufnahme, heute war 4713 für die Verpflegung zuständig. Nach dem Essen war Ruhe angesagt und Energieaufnahme der Batterien, die das ganze Befehlssystem versorgten. Dazu musste man in seine Erholungskoje legen, worauf eine kabellose Übertragung der Energie erfolgte. 4711 hatte den Eindruck, dass er irgendwie sehr wenig Energie mit sich führte, da er die Trainings-Parcourt mit voller Power bestritten hatte. Darum setzte er sich im Gemeinschaftsraum ein paar Minuten hin, und wieder kamen die gleichen unbekannten Merkmale wie in der Hyperstation zum Vorschein. Irgendwie seltsame undefinierbare Wallungen in seinem Körper. Diese wurde jeweils immer stärker, je weniger Energie er in seinem implantierter Weichteil -Chip hatte. Es erschien ein rotes Licht auf seinem Armbandmonitor mit dem Hinweis «Energielevel 3%», darauf legte er sich sofort in seine Koje und schlief schnell ein, währenddessen seine Batterien wieder aufgefüllt wurden.

Seine Vorbereitung war vor allem auf Sonntagabend ausgerichtet, wo er eine Nachtschicht hatte, da die ersten Schüler nach und nach wieder ins Schulbubble zurückkehrten. So war es wichtig die 12 Stunden dauernde Nachtschicht unbeschadet zu überstehen. Ein Summen und Pfeifen liess ihn um 18 Uhr erwachen. Er stand auf und hatte die übliche Körperpflege, zog den speziell sterilisierten Anzug an, ohne den er die Bubbleareale nicht betreten durfte. Er ging in die WG-Verpflegungsstation wo bereits das nötige Essen für jetzt und die Nachtschicht bereit lag. Er ass seine zugeteilte Menge und packte die Ration für die Nacht in einen speziellen Rucksack. Es war 19.30 Uhr als er mit seinem Elektro Scooter den Weg unter die Räder nahm. Der Weg führte unter anderem auch durch einen Wald, in dem sich sehr viel aggressive Wildschweine aufhielten. Welche auch starke

Virenüberträger waren und deshalb gerade in der Dämmerung sehr gefährlich waren. Vor zwei Wochen war ein Bewohner nach einer Attacke tödlich verletzt worden. Zum Glück hatte er heute keine solchen Probleme, und konnte ungehindert zur Schule fahren. An der Eingangsschleuse angekommen, war es 20.12 Uhr, er stand davor und drückte auf den Code meines Armbandmonitors und die erste Schleuse öffnete sich. Nachdem sich hinter ihm die Türe wieder schloss, war-

tet man etwa 60 Sekunden, wären dessen man von unzähligen Sensoren überprüft wird, worauf sich die Schleusentür auch für den Innenraum öffnete. Er begabt sich an einem der Kombiserie 3000 angehörenden Sicherheitsbeamten vorbei Richtung seiner ihm zugeteilten Hyperstation mit der 19 und bereitete sich auf die ersten älteren Schüler, die ab etwa 21 Uhr eintreffen sollten vor.

Kapitel 3

Jana blinzelte ins grelle Sonnenlicht, ihre Schwester Sara gluckste vor Begeisterung und freute sich so sehr mit ihrer grossen Schwester das Wochenende verbringen zu dürfen. Es war halt hier draussen niemand mit dem sie sonst spielen konnte. Sie gingen in den Wohntrakt, wo sie von der Mutter Margret begrüsst wurde. Das Nachtessen war fertig und sie konnten sich hinsetzen, die Mutter rief noch über den Voicecounter ihren Vater dazu. Er konnte dies in der ganzen riesigen Anlage überall empfangen, und war sicher bald hier. Ihr 18 Jahre alter Bruder Eden kam erst gegen 22 Uhr hier an, er kam aus einer etwa 2000 Kilometer entfernten Eliteschule und durfte schon bei der Planung und Ausführung der überlebenswichtigen HyperVacuum Projekten mitwirken. Denn ohne diese Transportwege ging gar nichts mehr.

In der Zwischenzeit war auch Vater Georges dazugekommen und «knuddelte» seine Tochter Jana mal so richtig durch. Anschliessend begannen sie mit dem Abendessen, die grösstenteils aus frischen Produkten aus der Fabrik stammten. Frische Milch war bei Jana der Favorit und war nicht wie in der Schule komplett keimsterilisiert. Dazu gab es frisches von der Mutter gebackenes Brot, eines ihrer Hobbys das Backen, denn eigentlich hätte diese Arbeit auch einer der 50 Kombis, die in ihrer Fabrik arbeiteten, übernehmen können. Alle Produkte, die hier nicht produziert werden konnten, wie Tierfutter für die Kühe, Fischfutter und Nahrungsmittel für die Fabrikcrew kamen über das HyperVakuum System zu ihnen. Aber im Gegenzug gingen auch alle ihre Produkte wie Milch, Rahm, Käse, Fleisch und Fisch auf diesem Wege wieder aus dem Krater in die ganze noch bestehende Welt.

Nach dem Abendessen gingen die beiden Mädchen mit ihrem Vater auf den Kontrollgang in die Kuhmästerei. Es waren vier riesige Bubbles die für Kälberzucht, Milchwirtschaft und Schlachtvieh vorgesehen waren. Obwohl alle Anlagen mit riesigen solar gesteuerten Filteranlagen versehen waren, verbreitete sich doch ein etwas strenger Duft. Aber den liebte Jana sehr und war auch wegen der vielen Tiere sehr gerne hier. Sie konnten aus der Steuerungszentrale die Tiere von oben beobachten, der sonst menschenleere Raum wurde gerade von zwei in Schutzanzügen arbeitenden Kombis betreten. Die Tiere hatten nie direkten

Kontakt zu Kombis oder sogar A1 Menschen, dies war aus Sicherheitsgründen verfügt worden, da sich immer mehr Zoonosen, das heisst gefährliche Virenübertragungen von Tier zu Menschen und umgekehrt, verbreitet hatten. Es gab viele Todesfälle bei Menschen und Tieren, die durch die gesamte verseuchte und ökologisch aus dem Gleichgewicht geratenen Umwelt entstanden waren. So kontrollierten die Kombis auf einem kleinen Traktor sitzend, ob sich irgendwelche Tiere verletzt oder irgendwelche Auffälligkeiten zeigten.

Danach überwachten sie die Kühe beim Eintreten in die Melkstation, denn auch hier lief alles ohne manuelle Hilfe ab und war komplett automatisiert. Die Kühe wurden einmal morgens und abends gemolken, und wurden auf dem Weg in die grosse Rondelle Melkmaschine von Sensoren auf allfällige gesundheitliche Probleme untersucht. Davor liefen sie durch eine Waschanlage und wurden anschliessend mit Euterfett eingerieben. Sie schauten zu wie jede der Kühe ihren Platz in die Rondelle eingenommen hatte und eine nach der anderen gemolken wurde. Die Milch schoss durch die durchsichtigen Rohre in riesige gekühlte Tanks, wo sie bis zur Weiterverarbeitung gelagert wurde.

Jana und Sara konnten das ganze durch die riesigen Glasscheiben beobachten und die langen Gänge des Kontrollcenters hinauf und herunterlaufen. Sie konnten auch alle Tiere in den vielen Monitoren in den verschiedenen Positionen genau begutachten. Eigentlich hatten sie noch etwas spielen wollen, aber die Zeit wurde knapp, da ihr Bruder Eden gegen 22 Uhr hier eintreffen sollte und sie diesen gerne in Empfang nehmen wollten. So betraten sie etwas später die Transportbänder, die zur HyperVakuum Station führten, wo sie auf ihn warteten. Die Zeit wollte nicht verrinnen, dann endlich ertönte ein schriller Ton, der die Ankunft eines Transportes ankündigte. Aber es war leider noch nicht ihr Bruder, es war eine Wochenlieferung von Nahrungsmitteln für die Kombis. Diese Kapsel wurde mit einem Kran auf ein Förderband gehievt, dass direkt zu den Behausungen der Kombis geleitet wurde. Aber auf dem, Ankunftsbildschirm wurde schon der nächste Eingang blinkend angekündigt, es war hoffentlich ihr Bruder. Und tatsächlich er war es.

Ein Kombi öffnete die eingegangene Kapsel und aus dieser schaute ihr Bruder Eden die beiden Schwestern an. Er stieg heraus und nahm Jana und Sara auf seine kräftigen Arme. Jana war bald zu schwer, aber er liebte beide abgöttisch. Er würde morgen mit ihnen in die Fischzucht gehen, dort konnten sie mit speziellen Tauchanzügen mit den Fischen spielen. Jetzt hiess es aber in die Wohnanlage zu gehen und den Schwestern gute Nacht zu wünschen. Eden unterhielt sich in der Küche bei einem kleinen Imbiss noch eine Weile mit Vater Georges, vor allem technische Abläufe waren da von Interesse. Aber er war auch bald sehr müde von der anstrengenden Woche und zog sich danach schnell in sein Zimmer zurück.

Die Sonne ging an diesem Samstagmorgen am östlichen Kraterrand auf und schien bereits sehr grell, und zauberte mit seinen Licht-Schatten spielen viele sehr obskure Figuren auf die Ebene der Caldera. Es war gegen 6.30 Uhr Jana erwachte, da sie immer sehr aufgeregt war, wenn sie alle 14 Tage mit ihrem Bruder in den riesigen Seetank tauchen gehen durften. Seit diesem Jahr durfte auch Sara mit, sie hatte letzte Weihnacht einen Anzug erhalten und durfte nun auch endlich dabei sein.

Wir starteten nach einem ausgiebigen Morgenessen um etwa 10 Uhr und hatten etwa eine halbe Stunde, bis die Drei an dem mit einer Glaskuppel überzogenen See angekommen waren. Auch hier gab es eine zentrale Steuerungsanlage, wo Wassertemperatur Sauerstoff- und Futterzufuhr in die nach alter der Fische unterteilten Becken, kontrolliert beziehungsweise zugeführt wurden. Das Wasser wurde direkt aus Tiefenbohrungen ausserhalb des Kraters hinaufgepumpt. Glücklicherweise war dieses Wasser weder verseucht noch sonst verunreinigt. So zwängten sich alle drei Geschwister in ihren integralen Tauchanzüge, und gingen zum Uferrand, wo ein Steg zu einer kleinen Leiter führte, von der aus man sich in den See

gleiten lassen konnte. Sara war mit einer Leine mit Eden verbunden. Lana durfte schon völlig selbstständig die Tour mitmachen, es war wie im Märchen, denn die etwa 20 Sorten Fische glänzten im UV-Licht in allen Farben. Jede Sorte und jede Altersgruppe waren mit grossen künstlichen transparenten Wänden abgetrennt, und Schleusenrohren, welche untereinander verbunden waren, sorgten dafür, dass sowohl Personen als auch die Fische in und aus diesen ausgeklügelten Tankanlagen zirkulieren konnten.

Am Ende des Sees war die Fischverarbeitungsanlage. Hier wurden die Fische mit den entsprechenden Grössen entnommen und ohne, dass diese je von anderen Lebewesen berührt worden waren, ausgenommen filetiert und für den Versand tiefgefroren. Die entsprechenden Tiefkühllager füllten sich und wurden für den weltweiten Versand mit dem HyperVakuum Rohren in Entfernung von mehreren tausend Kilometern versandt. Sara fühlte sich Pudelwohl, vor allem bei den ganz kleinen Fischen, in diesen verschwand sie beinahe komplett in den neugierigen Schwärmen der Jungen. Sie versuchte immer wieder spielerisch ein paar zu erhaschen, aber diese waren viel zu schnell und es bildete sich immer eine Gasse, wenn sie sich bewegte, es war ein unglaublicher Spass. Sie spürte ein Ziehen an ihrer Leine, es war Eden, sie hatte sich in der glitzernden Welt ganz vergessen. Sie sah, wie er auch seiner Schwester Jana mit einem Handzeichen andeutete, dass die Zeit um war. So stiegen die Drei also wieder aus dem Wasser und kamen über den See Steg wieder in die Zentrale, wo sie sich in den Umkleideräumen wieder ihre Landkleidung überzogen. Gegen 14 Uhr waren sie wieder zurück im Wohntrakt, wo Mutter Margret das etwas verspätete Mittagessen bereitgestellt hatte. Der Samstagnachmittag war meist für Familienfilme, E-Book Lesen, Basteln und besonderen Tätigkeiten in persönlichen Interessensgebieten reserviert. Am Samstagabend wurde jeweils Musik gemacht und gesungen. Jeder durfte ein Instrument spielen, welches er in Online-Kursen erlernen konnte. Es war auch möglich in der Schule üben zu können, da hier diese Kurse auch zu empfangen waren. Heute Abend nach dem Essen wollten sie ein Konzert mit alten Rock-Balladen aufführen, die ihre ganzen Verwandten und Bekannten über eine Videokonferenz mitverfolgen konnten.

Es wurde ein toller Abend, vor allem Sara begeisterte, da sie das erste Mal mit ihrer Querflöte mit-

34

spielen durfte. Sie war mit voller Begeisterung dabei, obwohl noch nicht alles nach Wunsch funktionierte. Vater Georges spielte Schlagzeug, die Mutter Cello, Jana Geige und Eden Leadgitarre und Gesang. Waren Evergreens wie «Tears in Heaven» von Eric Clapton oder auch Adele mit «Someone like you» und Cindy Lauper «Time after Time» und noch einige mehr. Aber auch dieser Abend ging wieder viel zu schnell vorbei und so war wieder bald ans Schlafen gehen zu denken. Die Mädchen zogen ihre Schlafanzüge an und verkrochen sich etwas müde vom Tag in ihre Zimmer. Die Eltern und Eden blieben noch etwas länger auf und besprachen das Geschehen unter der Woche, veränderte sich doch täglich vieles auch unvorher gesehenes auf dieser Welt. Es war eine Zeit des Wachsein Müssens, um auf diesem Planeten eine Überlebenschance zu haben.

Am Sonntagmorgen erwachte Jana sehr früh, der Morgen war nach dem Morgenessen frei, aber nach dem Mittagessen reserviert für Familienspiele. Diesen Sonntag war sie an der Reihe mit der Auswahl welche Spiele sie sich wünschte war King Domino und Azul, hier konnte ihre kleine Schwester auch mitspielen. Sie spielte dies auch oft mit ihren Freundinnen Jarusa und Juniana in der Schule. Es ging wie immer alles viel zu schnell an diesen Wochenenden, so war für Eden nach dem Abendessen um 21 Uhr bereits wieder Abreisetermin in die UNI. Für Jana war erst am Mon-

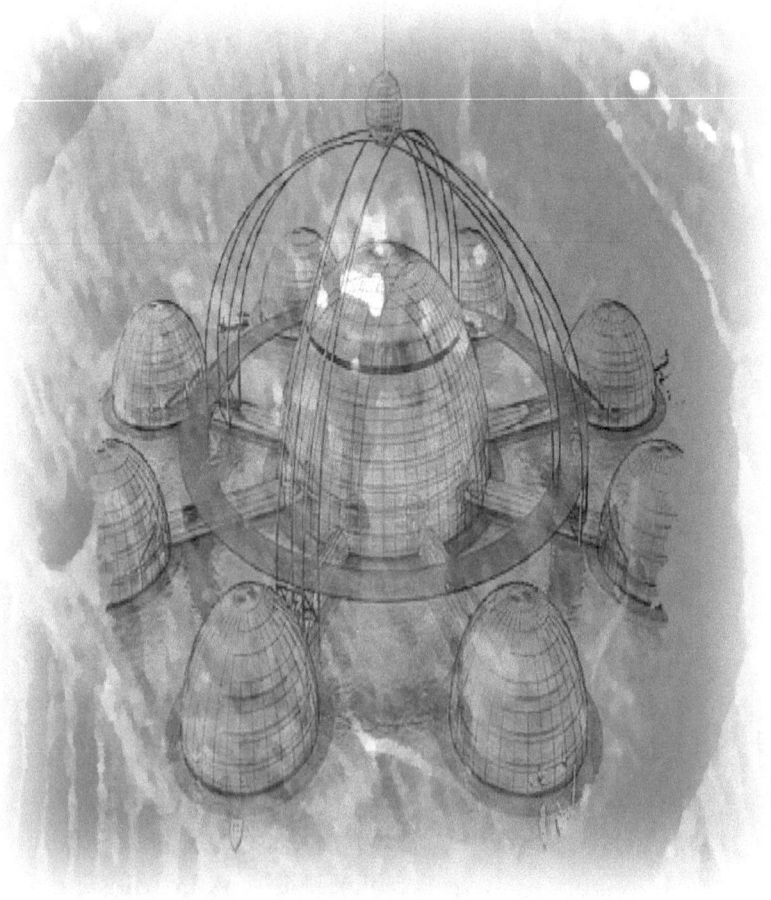

tagmorgen um 7 Uhr Termin zur Rückkehr in die Schule. Meist schlief da Sara noch tief und war traurig, dass die Geschwister wieder einmal weg waren und sie sich wieder mit sich selbst beschäftigen musste. Es hatte halt im Krater nur ein paar Kleinkinder bei den Kombis, die wenn sie etwa 3 Jahre alt waren in ein Wohnheim gebracht wurden. Auch wenn sie mit diesen Kontakt haben könnte, so richtig spielen konnte man mit denen nicht. Sie waren einfach etwas anders, was für sie noch unbegreiflich war.

Kapitel 4

Jana stand um 6 Uhr morgens auf kleidete sich an und sass am Morgenessen mit ihrer Mutter. Vater war schon in den Anlagen unterwegs, ihre Schwester Sara kam gerade aus ihrem Zimmer, um sich für diese Woche von ihr zu verabschieden. Sie musste sich noch ihren hautengen Reiseanzug überstülpen und ihren kleinen Reisekofferkapsel bereitmachen und sie war bereit für die neue Schulwoche. Mutter und Sara kamen noch mit zur HyperVakuum Station, wo sie sich für diese Woche noch einmal umarmten.

Für sie schien es als seien nur Sekunden vergangen, wurde ihre Kapsel geöffnet und sie sah in die blauen Augen ihres zuständigen Kombis 4711. Sie kannte ihn inzwischen etwas, weil er sie schon ein paar dutzend Male bei der An- bzw. Abreise betreut hatte. Das ging jeweils aber immer nur etwa drei Minuten, also von Kennen im eigentlichen Sinne war da überhaupt gar nichts. Trotzdem hatte sie immer ein warmes und gutes Gefühl, wenn sie ihn sah.

Es war knapp vor 7.30 Uhr Kombi 4711 hatte schon die ganze Nacht Schüler in Empfang genommen, gleich müsste Jana als nächste eintreffen. Zuvor hatte er bereits ihre zwei Freundinnen Jarusa und Juniana abgefertigt. Die rote Lampe am Schleusentor leuchtete auf und ein Signalton ertönte, nach fünf Sekunden drückte er auf einen grünen Knopf, worauf sich die Schleuse mit einem zischenden Geräusch öffnete. Die Magnetkapsel schob sich langsam in die Endstellung und 4711 drückte auf den Türöffner. Die Klappe öffnete sich und Jana lag noch leicht beduselt darin. Er half ihr aus diesem Behältnis und sah sie mit einem Lächeln an, worauf sich bei Jana schneller als üblich der Wachzustand einstellte.

Es dauerte nur ein paar Sekunden dann war sie aus der Station entschwunden, 4711 etwas verwirrt, da war es wieder dieses komische so etwas wie Gefühl. Es schien ihm als dieses etwas jedes Mal stärker wurde und brachte ihn doch ein bisschen ins Grübeln, was ihm bis dahin auch noch unbekannt war. Hinter ihm gingen mehre Piepstöne los, Alarmzeichen auf den Überwachungsmonitoren erschienen, irgendwie hatte er in seinen Träumen die Zeit komplett vergessen. Er war sofort wieder hellwach und übernahm wieder wie gewohnt seinen Dienst. Nach der nächsten Abfertigung klingelte sein Phone, am Ende war sein Abteilungschef Kombi 111, mit der Nachfrage, ob etwas nicht in Ordnung sei. Denn wenn ein Problem bei ihm vorliege müsse er sofort ausgewechselt werden. Er bestätigte, dass bei ihm kein Problem vorläge und beendete seine Schicht um 8 Uhr, um mit seinem Scooter nach Hause zu fahren und seinen verdienten Schlaf beginnen zu können.

Jana ging mit dem Body Lift kurz in ihr Zimmer, entledigte sich des Reiseanzugs und machte sich kurz frisch. Danach begab sie sich ins Klassen Gebäude. Schon von weitem sah sie eine weinende Juniana und Jarusa umarmte sie. Als sie näher kam erfuhr sie, dass Juniana sicher nächstes Wochenende hierbleiben musste. In ihrer Heimat Moldawien hatte sich ein schweres Erdbeben ereignet, das die Stadt Tiraspol von fast allen Magnetbahntunneln unterbrochen hatten, sie selbst wohnte mit ihrer Mutter in der Stadt Chisinau, aber ihr Vater arbeitet in Tiraspol und sie haben nichts mehr von ihm gehört. Da die Verkehrswege vielerorts blockiert, oder gar zerstört worden war, konnte sie nächste Woche kaum nach Hause. Diese Verkehrswege waren aber wieder sehr schnell in Stand gestellt, da dies beinahe zum tägliche Brot geworden war, überall defekte Linien wiederherzustellen. Es gab fast täglich irgendwo Orkane, Beben, Vulkanausbrüche, massive Überschwemmungen und grössere Erdrutsche. Dieses Transportsystem war für Katastrophen aller Art konzipiert und konnte dem entsprechend relativ schnell wieder in Stand gestellt werden. Aber mindesten sieben bis zehn Tage Zeit brauchte man trotzdem.

Dadurch kam es, dass sich auch Jana und Jarusa entschlossen, nächstes Wochenende mit Juniana hier in der Schule zu verbringen. Sara Zuhause würde zwar todunglücklich sein, aber für dieses eine Mal musste sie sich damit abfinden. Die Schulstunden gingen nur sehr zäh vorüber da immer noch keine Nachricht von Junianas Vater eingetroffen war. Eine nie enden wollende Schulwoche neigte sich dem Abschluss entgegen, die Mädchen hatten auch mehrmals wegen Unkonzentriertheiten in den Schulstunden Abmahnungen erhalten. Dies war ihnen im Moment aber das wohl unwichtigste in dieser Ungewissheit. Es war bereits Freitag und Juniana hatte immer noch keine Nachricht, wo ihr Vater war, oder er überhaupt noch lebte. Dies führte auch dazu, dass ihre Klasse im nachmittäglichen Wettbewerb den zehnten und letzten Platz in der Klassenwertung erzielte. Anschliessend mussten sie zum Rektor van Halen, dort sass auch schon der Referendar

Hausmüller der die drei Mädchen in Empfang nahm. Sie erzählten ihnen die unglückliche Geschichte von Juniana und ihrem Vater und dass eine Rückreise für sie nicht möglich sei, so Jana und Jarusa mindestens, bis eine Lösung gefunden würde, hier in der Schule bleiben könnten. Rektor van Halen sah die drei über den Rand seiner Lesebrille streng an und sagte; «Aufgrund der Aussagen eurer Lehrpersonen seid ihr drei sehr fleissige Schülerinnen. Darum möchte ich euch das Hierbleiben bewilligen, ich habe für euch die Essensrationen reservieren lassen, ausserdem habt ihr Zutritt zum Musio-, Video-, Media- und Bibliodom. Ihr seid aber nicht die einzigen, es werden noch insgesamt zehn Schüler aus anderen Einheiten wegen Transportproblemen hierbleiben müssen. Ich möchte euch wegen der aussergewöhnlichen Umstände, die Noten für diese Woche streichen, damit ihr nicht in einen tieferen Level fällt. Aber ich möchte, dass ihr euch zusammenreisst und nächste Woche wieder alles gebt.» Die Mädchen waren sehr erleichtert und versprachen ihr möglichstes zu tun, anschliessend gingen sie nach einem kurzen Zimmeraufenthalt zum Nachtessen.

Kombi 4711 trat seinen Wochenenddienst in der HyperVakuum Station an. Als er auf den Monitor

mit dem Abfertigungsplan schaute, stellte er fest, dass dieses Wochenende nur zweiundneunzig der ihm sonst hundert zugeteilten Schüler die Heimreise antreten sollten. Warum wohl, dachte er bei sich, auch solche Gedanken machte er sich das erste Mal bewusst und verwirrte und verunsicherte ihn wiederum ein bisschen mehr. Als er genauer hinsah, stellte er fest, dass der Name von Jana und ihrer beiden Freundinnen auch nicht auf der Liste standen. Jetzt war er gar nicht mehr bei der Sache. Was war wohl geschehen, waren sie Krank oder was konnte sonst der Grund sein, dass sie nicht nach Hause reisen durften? Irgendwie funktionierte bei ihm überhaupt nichts mehr, er fühlte sich irgendwie Elend. Kurze Zeit später meldete sich sein Phone, der Kombi 111 der Leiter der HyperVakuum Station meldete sich; «Was ist bei Ihnen los, die Abfertigungen laufen nicht weiter, das geht so nicht», um zu weiteren Anweisungen anzusetzen; «Sie werden sofort ausgewechselt, fahren nach Hause und melden sich im Digital-Helpcenter, ihr Ersatz ist in zwei Minuten bei ihnen». Kurz darauf öffnete sich die Zugangstür und sein Ersatz Kombi 4511 betrat den Raum. Darauf verliess 4711 die Station begab sich zu den Ausgangsschleusen.

Als er diese durchschritten hatte und auf sein Elektro Scooter zulief, blickte er entlang dem Booble dem Essens- und Aufenthaltsbereich der Schule hinauf. Dort sah er ein Mädchen in einem roten Kleid, die als er genauer hinschaute Jana sein musste. Er tat etwas, dass er nie zuvor getan hatte, er winkte ihr zu und zu seiner Verwunderung winkte sie zurück. So etwas wie eine innere Wärme wallte in ihm auf. Er stieg auf seinen Scooter und fuhr, wie befohlen ins DigitalHelpcenter, wo er nach gut einer halben Stunde eintraf. Er meldete sich an und wurde mit seiner

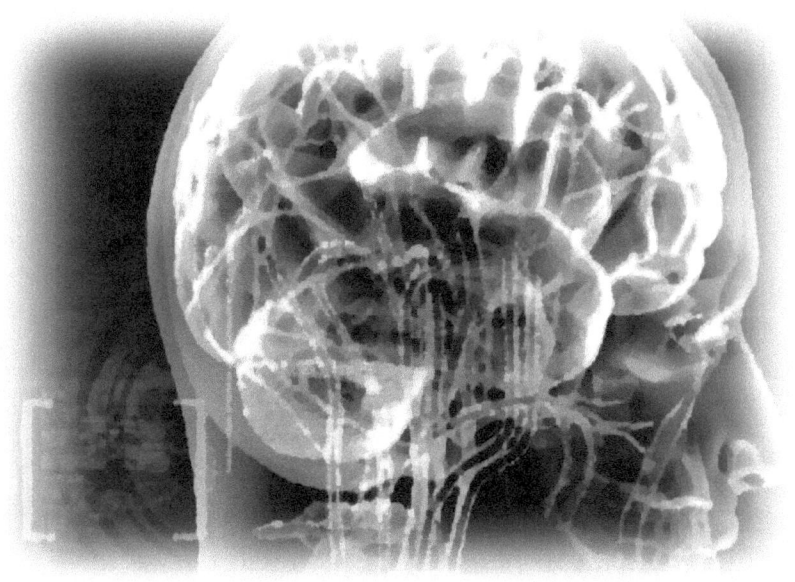

Nummer registriert und musste sich in einen Energiestuhl setzen. Hier wartete er, bis sich die Tür zum Untersuchungslabor öffnete.

Kapitel 5

Der Bruder von Jana, Eden war zur gleichen Zeit ein paar tausend Kilometer entfernt in der Nähe von Tiraspol. Er durfte hier das erste Mal ausserhalb seiner Hochschule planerische Mithilfe, für die durch Erdbeben und Erdrutsche unterbrochenen HyperVakuum Transportrohre mit vor Ort sein. Dieser Erfindung war es wohl zu verdanken, dass die restlichen übriggebliebenen Menschen überhaupt eine reelle Überlebenschance besassen. Es gab drei grosse Werke weltweit die praktisch nichts anderes produzierten als diese Leichtbaurohre, die man überall verlegen konnte, egal welchen Untergrundes. Diese konnten wie eine Handorgel zusammengefaltet werden, hatten ausgefahren alle 10 Meter einen Ring der als Magnetspule wirkte, und war von einer reissfesten luftdichten Folie, die aus alten Gummipneus und diversen Metallverbindungen hergestellt waren, umgeben. Diese Folien konnten in den Herstellerwerken bei Zerstörung immer aufs Neue wieder repariert werden. Ideal war, dass diese Rohre so gefaltet werden konnten, dass diese bis zur zerstörten Stelle wieder mit neuen Rohren versorgt und sofort montiert werden konnten. Die Idee ist wie meist aus der Natur entsprungen, da gibt es diverse Tiere deren Glieder bei Verlust wieder nachwachsen. Dies ist auch der Clou bei diesem Prinzip, die Reparatur erfolgt mithilfe der alten noch intakten Rohre und bringt wieder neues Material zur Beseitigung des Lecks, bis zu den unterbrochenen Stellen.

Dies traf auch in Moldawien zu, wo zwei Linien, ein Personentransportrohr und eine für den Warenverkehr in der Nähe eines Tunnels verschüttet waren. Die Reparaturarbeiten waren meist von zwei grossen Lastenhelikoptern begleitet, im einen sass auch Eden und schaute gespannt auf die Unfallstelle. Viele Rohre nutzten auch alte Infrastrukturen wie Tunnels, Viadukte oder Autobahnen, die noch einigermassen intakt waren. Gerade bei Tunnels erwiesen sich jeweils die Ein- bzw. Ausfahrten als Schwachpunkte da diese durch Steinschläge und Erdrutsche unpassierbar werden konnten. Dies traf auch bei diesem Tunnel zu, er sah vom Helikopter wie bereits mit schwerem Gerät der zugeschüttete Eingang wieder freigelegt wurde. Laut den Infos, die über Funk hineinkamen, war auch noch ein Kontrolltruppe von sieben Personen darin eingeschlossen, von denen nur krächzende Geräusche über ihre Funkanlagen zu hören waren. Nachdem sie alles für die Reparatur Benötigte zusammengestellt und im Werk II bestellt hatten, gingen die Lieferungen sofort auf die Reise. Einen halben Tag später war der Tunneleingang freigelegt, und die verschollene Kontrolltruppe ohne gesundheitlich Schäden befreit werden.

Es war früher Nachmittag als die Helikopter mit ihren Crews neben einem eigens dafür aufgestellten Verpflegungszelt landeten und sich heisshungrig über die vorbereiteten Mahlzeiten hermachten. Eden setzte sich mit seiner Crew an einen Tisch, der neben ihnen von einem solchen mit den sieben ehemaligen Verschütteten besetzt war. Nach einigen Gesprächen stellte sich die überraschende Tatsache heraus, dass einer der Männer der Vater von Juniana, der Schulfreundin von Jana war, so ein Zufall. So konnte Eden seiner Schwester mit dem Phone übermitteln das der Vater von Juniana wohlauf sei.

Als Jana diese Mitteilung bekam, waren die drei Mädchen nicht gerade in bester Laune, alles drehte sich immer wieder um den verschwundenen Vater. Als nun diese überraschende Nachricht hereinkam, war die Begeisterung gross und das Wochenende mehr als gerettet.

Die Arbeit am Tunnelrohr dauerte bis gegen Mitternacht, dann war dieser Unterbruch behoben. Aber es waren noch viele Stellen auf offener Fläche die zu beheben waren, alle Beteiligten liessen sie sich gegen ein Uhr morgens in ihre Schlafkojen sinken, um am sechs Uhr morgens wieder geweckt zu werden. Jetzt waren möglichst speditive lange Verlegungen auf dem offenen Feld gefragt. Diese wurden für seine zuständigen Teilbereiche von je zwei Helikoptercrews an zwei Lastenhelikoptern vorangetrieben. Im Normalfall konnten so in etwa einer Stunde rund einen Kilometer erneuert, oder gar komplett neu gelegt werden. Bei neuen Strecken mussten die genauen Daten mittels GPS ermittelt und geplant werden. Bei der Berechnung konnten also die zwei Doppel Crews in rund 24 Stunden ebenso viele Kilometer funktionierende Rohre fertigstellen. Eden war für die ganzen 10 Tage des Projekts eingeteilt und war so an diesem und nächsten Wochenende auch nicht Zuhause. Es war alles sehr intensiv und spannend, dass die Zeit rasend schnell vorbei ging und er das Zuhause im Moment nicht vermisste. Viele Probleme entstanden nach Erdbeben, da immer wieder Senklöcher riesigen Ausmasses entstanden, die nicht nur die Natur, sondern vor allem der Mensch mit seinem gierigen Ressourcenabbau von Öl, Kohle, Erdgas und Grundwasser Entnahme in immer tieferen Lagen, Hohlräume hinterliessen, die nun nach und nach in sich zusammenfielen. Durch diesen Umstand gab es immer wieder an kleinen Stellen viele Schäden an den Transportrohren, welche aber dank der genialen Technik fast immer sehr schnell behoben werden konnten.

Die drei Mädchen lasen, spielten und musizierten indes was das Zeug hielt, und wurden zudem ausgezeichnet verpflegt. Wie der Stand im Moment war, würden sie wahrscheinlich noch ein Wochenende hier verbringen müssen, bis die Verbindungen wieder reibungslos in Betrieb waren. Sie hatten in dieser Zeit auch neue Kontakte knüpfen können, mit Schülern die zwei Jahre älter waren es waren dies vor allem die Schüler der H Altersklassen. Vor allem Hanna, Hieronymus und Heidy waren eine sehr lustige Freundesgruppe, mit diesen übten sie ein Theaterstück und wollten auch unter der Schulwoche, wenn zeitlich immer möglich in Verbindung bleiben. Heidy war am nächsten von hier Zuhause und musste jeweils durch den Gotthardtunnel nur gerade 2 Minuten in der HyperVakuumkapsel verharren, bis sie in Zug in der ihre Eltern in einem Bubbledorf wohnten ankam.

Indes Kombi 4711 die Nacht im DigitalHelpcenter verbrachte und sein implantierter Chip überprüfen lassen musste. Die MedicalIT verantwortlichen stellten Unregelmässigkeiten in der Software bei 4711 fest, entschlossen sich darum die gesamte Software zu löschen und neu zu Installieren. Sie konnten anhand der Aufzeichnungen feststellen, dass die Firewalls, welche die Gefühle zu den Befehls Boarden trennten, mehrmals durchbrochen worden waren, und deshalb eine sichere Arbeitsweise dieses Kombis nicht mehr gewährleistet werden konnte. Dies geschah sehr selten, war aber der einzige Weg diesen Arbeitsklon in Funktion zu halten. Es gab aber auch schon Fälle, wo dies auch schon gemacht wurde und es ging mächtig schief, worauf der Kombi mittels Spritze eingeschläferte werden musste. Das Ganze nahm etwa 20 Stunden in Anspruch, und war von einer anschliessenden dreitägigen Testphase mit Befehlskontrollen verbunden.

Es war Montagmorgen die Schule fing wie gewohnt an, ausser für diejenigen, die in der Schule bleiben durften und so keine Anreise zu bewältigen hatten. Mit Madame X5 hatten sie den ganzen Morgen für sich, da auch Referendar Hausmüller irgendwo im Gewirr des momentanen Verkehrschaos hängen geblieben war. So war genügend Zeit da, um auch technischen Dinge von Zuhause vorstellen zu dürfen. Jana war als zweite dran und erzählte von der Fischzucht bei ihrem Zuhause und was sie alles daran faszinierte. Auch welche Probleme, dass es geben konnte mit dieser Anlage. Vor allem das Glück frisches nicht verseuchtes oder verschmutztes Wasser aus einer nahen Quelle gewinnen zu können, war extrem wichtig. Es war sehr schwierig irgendwo noch essbaren Fisch zu bekommen, den die wenigen Fische, die in den übersäuerten Meeren noch überleben konnten, waren derart giftig, dass sie nicht mehr als Nahrung dienen konnten. Die ganz grossen Tiere wie Wal- und Haischulen werden immer öfters zu mehreren hunderten orientierungslos an den Stränden an Land getrieben und verenden unter grossen Qualen. Proben zeigen, dass neben Plastik, tonnenweise achtlos weggeworfenen Mülls zum Tode geführt hatte.

Vor allem schlimm sind die von der Menschheit weggeworfenen Mund und Nasenmasken, welche die Menschen in den diversen Pandemien immer wieder tragen mussten. Kein schönes Thema, aber leider in den letzten Jahren wichtig, wie man überhaupt auf diesem so ausgemergelten Planeten noch überleben kann.

Die Woche verging wieder sehr schnell und das kommende Wochenende wieder in Sicht. Jana war etwas traurig auch diesmal ihre Schwester Sara und ihre Eltern nicht sehen zu können. Vor allem das Tauchen mit ihrem Bruder im Fischgelände fehlte ihr sehr, aber ihr Bruder war ja auch nicht Zuhause und musste seinen schweren Job mit den Reparaturen der Transportwege weiterführen. Aber sie hoffte in einer Woche wieder einmal nach Hause zu können.

Kombi 4711 musste im Maggia Tal drei Tage mit überwachten Befehlskontrollen verbringen. Hier befand sich in einem Seitental ein Versuchslabor wo Kombis nach Krankheiten oder Software defekten, genaustens auf ihre Tauglichkeit überprüft wurden. Dazu kamen sowohl der Nachwuchs der ab dem dritten Altersjahr in Heimen erzogen und für ihre Aufgaben vorbereitet wurden. Sie bekamen da auch ihre endgültige Software und die Kombinummer zugeteilt, die je nach späterem Verwendungszweck unterschiedlich sein konnte. Das Grundsystem aber beruhte immer darauf das menschliche Gefühle, Unterdrückt und unter Kontrolle der A1 Menschen waren und ohne irgendwelche Abwehr, alle niedrigen und gefährlichen Arbeiten verrichten mussten.

4711 wurde nach einem genauen Routenplan in der Wildnis mit Aufgaben versorgt, welche er Pflichtgemäss zu erfüllen hatte. Jede kleine Abweichung der Aufgaben, wurde registriert und die Programmierung, wenn möglich angepasst. Man konnte direkt nichts Verdächtiges feststellen, ausser wenn er sich in einem Funkloch, einer Schlucht oder einer Höhle befand, Plan und Zeit anschliessend nicht mehr den geforderten Befehlen entsprachen. Ein Punkt, der etwas sonderbar erschien, aber den Technikern vor Ort, kein Anlass zur Sorge gab. Trotzdem sendeten sie pflichtgemäss das Protokoll ins Kombi-Kontroll-Headquarter, das in etwa 2400 Meter Höhe auf Teneriffa ihren Sitz hat.

Nach diesen drei Tagen durfte 4711 wieder nach Hause, um hier wieder neue Befehle abzuwarten. Als er hier ankam wurde zuerst verpflegt und da es schon um 22 Uhr, war in den Erholungsschlaf befohlen. Aufträge hatte er dieses Wochenende noch keine zu erfüllen, ausser angesagter körperlicher Fitnessparcours. So legte er sich in seinem Zimmer auf sein Energiebett und döste ein.

Kapitel 6

Eden war am 9. Tag seiner Mission HyperVakuum Reparatur. Sie waren mit ihrer Arbeit schon
ungewöhnlich weit gekommen und bereits auf
dem Gebiet der Ukraine, so dass bald wieder viele Linien in diesem Bereich funktionierten. Es war
ein Dienstag, als er im Nachtlager in der Nähe
von Odessa mit seinen Arbeitskollegen im Biwak
sass. Er freute sich, morgen konnte er nach Istanbul in seine Uni Lehrstelle, um dann in drei Tagen
endlich wieder einmal nach Hause gehen zu dürfen. Es war so um 23 Uhr nachts als sich sein Phone meldete, es war sein Vater Georges, sie hatten
schwere Probleme in der Fischzucht. Irgend ein
Gasgemisch aus dem vulkanischen Untergrund
drang ins Becken des Sees und konnte in der Anlage ernsthafte Schäden an den Fischbeständen
verursachen. Er hatte bereits ein paar Kombis mit
Dichtungsmassen hinuntergeschickt, damit sie
das eindringende Gasleck notdürftig schliessen
konnten. Zudem wurden provisorisch Leitungen
gelegt, um allenfalls die Gase abzuleiten. Da diese
Fischzucht eine der wichtigen Ernährungsquellen
war, wurde die Anlage als TOP1 eingestuft. Was
heisst sie ist von internationaler Bedeutung und
hat in der Wichtigkeitsstufe oberste Priorität.

So kam es das Eden bei seinem Vorgesetzten Simon Parker um 22.30 Uhr ein Gespräch anmeldete. Er erklärte kurz die Sachlage, sofort wurde eine Strategie ausgearbeitet, wie schnellstmöglich eine Hilfstruppe zusammengestellt werden konnte, um der ganzen Sache entgegen zu treten. Eden musste am Morgen um 5 Uhr mit einem der Hubschrauber nach Istanbul zurück. Vorgesehen war das er zusammen mit 4 zusätzlichen Spezialisten von Istanbul mit Eden dem HyperVakuum ins väterliche Kratergelände geschickt wurde.

Dies wurde auch so nach Plan in die Wege geleitet. Um 5 Uhr startete der Hubschrauber in dem Eden völlig übermüdet einstieg, er versuchte auf dem Flug noch etwas Schlaf zu finden. Das war leider in der Hektik kaum richtig möglich. Es war ein Flug übers Schwarze Meer und dauerte etwa 3 Stunden. Danach ging es mit den drei Tiefseeexperten zur HyperVakuum Station, diese hatten in der Zwischenzeit die benötigten Geräte organisiert und bereits in Vaters Fabrik geschickt. Allenfalls fehlende Ausrüstungen und Materialen, konnten relativ rasch auf dem gleichen Weg nachbestellt werden. Etwa um 8 Uhr morgens wurden alle 5 ins Notfallgelände spediert, wo sie bereits gegen 8 Uhr 30 eintrafen

Nach einer kurzen Begrüssung seiner Eltern und der kleinen Schwester Sara, zogen sie sofort ihre Tauchkleidung an und begaben sich vor Ort zu einer ersten Besichtigung. Es sah unten im Moment noch sehr ruhig aus, aber rund um die provisorische Abdeckung trieben schon einige tote Fische rücklings im Wasser. Die mitarbeitenden Kombis waren daran diese möglichst schnell abzufischen und aus dem See zu entfernen. Zuerst wurden Sauerstoffleitungen in die Nähe des Lecks gebracht, um eine Art Schutzschild für den restlichen See aufzubauen. Dann ging man daran, dem eigentlichen Problem auf den Grund zu gehen. Es gab zwei Varianten, entweder man konnte die ausströmenden Gase, definitiv abdichten, was mit sich brachte, dass sich diese andere Wege suchten und man früher oder später wieder vor der gleichen Situation stand.

Die andere Variante, die etwas kompliziertere, man versuchte mit den bereits gelegten provisorischen Leitungen, die Gase dauerhaft aus dem See über den Kraterrand abzuleiten. Diese Variante war vermutlich die bessere, da nun die Gase ungehinderte wegziehen konnten, ohne im Seebecken durch den aufgebauten Druck irgendwo anders auszutreten.

Die Arbeiten dauerten den ganzen Tag, und wurde mit ständig wechselnden Teams, die aus A1 und Kombis gebildet wurden, ununterbrochen fortgesetzt. Es mussten noch fehlende Teile bestellt werden die aber innerhalb von 2 Stunden vor Ort waren. Schnell war es Abend, die drei zusätzlichen Profis blieben über Nacht und man sass noch eine Weile zusammen. Edens Schwester Sara wollte bei ihrem Bruder bleiben und partout nicht ins Bett. Völlig übermüdet schlief sie nach einiger Zeit auf dem Schoss ihres Bruders ein. Am Morgen ging die ganze Reparaturmannschaft mit Eden wieder zurück nach Istanbul. Eden hoffte aufs Wochenende zurück zu sein.

Die zwei sehr motivierten Freundinnen von Jana, freuten sich auf den Freitag und auf die Rückkehr nach Hause, ENDLICH! Zuerst gab es aber noch den Sportwettbewerb. Sie hatten sich diesmal vorgenommen alles zu geben, so dass sie die Schmach des letztmaligen letzten Platzes unbedingt wettgemachen wollten. Und siehe da, es kam ein unerwarteter dritter Platz zustande, so gut wie noch nie. Danach verabschiedeten sie sich für das Wochenende. Es freuten sich alle ihre Familien wiederzusehen. Als Jana alles bereitgestellt hatte, begab sie sich zur HyperVakuum Station und betrat den Kapselraum 19. Hier wurde sie vom Kombi 4711 wie gewohnt empfangen und bereitgemacht für die Abreise. Irgendwie hatte sie das Gefühl, der Kombi sei mehr als distanziert und seine Augen wirkten gegenüber sonst irgendwie mechanisch. Ehe sie sich darüber grosse Gedanken machen konnte, wirkten schon die leichten Beruhigungsgase und sie döste ein.

Während dessen Eden in Istanbul noch den ganzen Wochenbericht über die gesamten Reparaturarbeiten der HyperVakuum Rohre zusammenstellen musste. Es war etwa 15 Uhr er sollte bis spätestens 17 Uhr fertig und eingereicht sein. Denn er wollte pünktlich um 21 Uhr im Hyper sitzen und endlich wieder ein ruhiges Wochenende zu Hause geniessen können. Da läutete sein Phone, der Leiter des Asia europäischen Transport Verbundes, Holger Svensson rief an, und gratulierte Eden für die hervorragende Arbeit bei der Wiederherstellung der Transportwege in der Region Moldawien und Ukraine, und stellte ihm eine Festanstellung mit gutem Gehalt in Aussicht. Dies war ein zusätzlicher «Aufsteller». Er freute sich darauf dies den Eltern erzählen zu können. Mit dieser Motivation hatte er auch den Bericht schnell fertiggestellt. Kurz vor 21 Uhr wurde er ins Magnetrohr geschoben und befand sich auf dem Weg nach Hause.

Dort warteten bereits seine beiden Schwestern und die Eltern auf seine Ankunft. Sie begrüssten einander überschwänglich und beschlossen trotz der späten Stunde, nach dem Nachtessen, noch ein bisschen gemeinsam Musik machen zu können. Wer weiss wie oft dies in diesen Zeiten noch möglich war. Es war ein wunderschöner Familienabend und dauerte fast bis um ein Uhr morgens, dann ging vor allem bei Sara nichts mehr. Ihre Augenlieder fielen einfach zu und man brachte sie ins Bett. Bei Vater Georges und Eden gab es noch lange über den Vorfall im Fisch See ausführlich zu diskutieren. Aber auch für sie war mal Schluss und begaben sich alle zur Nachtruhe. Am nächsten Morgen als alle am Frühstückstisch sassen, wurde das Wochenende besprochen. Sicher war, dass Eden mit ein paar Kombis die Reparaturstelle im See nochmals genau unter die Lupe nehmen mussten. Sie hatten zwar Kameras in der Nähe platziert, aber kleine Details waren bei diesem Licht nicht klar ersichtlich.

Es wurde beschlossen, dass Eden zuerst die Kontrollrunde machen wollte. Um danach mit seinen

Schwestern im vorderen Teil des Sees bei den kleinsten Fischen noch etwas Tauchen durften. Mutter Margret hatte allerdings zuerst schwere Bedenken, liess sich aber dann von der Familie überstimmen. Trotzdem war es ihr nicht sehr wohl bei der ganzen Sache.

Eine Weile nach dem Frühstück, stieg Eden mit drei Kombis auf zur Problemstelle. Ihr Vater sah ihnen bei dem Tauchgang in der Zentrale mit den Überwachungskameras zu. Er glaubte aber zu sehen, dass das Leck noch nicht zu hundert Prozent dicht war. Als Eden mit den Kombis die Stelle erreichte, konnten sie tatsächlich bei genauerem Hinsehen feststellen, dass sich immer noch wenige Blasen um die abgedichtete Stelle bildeten. So mussten sie mit einem speziellen Harztitanmischung nochmals nachbessern. Dies ging natürlich etwas länger als vorgesehen, aber es blieb trotzdem noch genug Zeit mit den beiden Schwestern einen kleinen Tauchgang zu machen. Nach einer vierzigminütigen Erholungszeit tauchte er dann mit ihnen in die Tiefe. Sie blieben vor allem an der vorderen Seite des Sees wo die kleinen Fische lebten. Dies war Sara sogar lieber, bei den ganz grossen bald schlachtreifen Fischen fühlte sie sich nicht immer sehr wohl.

Aber wie immer, wenn man etwas kurzweiliges erfreuliches geniessen durfte ging das Ganze sehr schnell vorüber. Nach dem Mittagessen kurz nach zwei Uhr, war Sara immer noch sehr müde, auch von gestern Abend. Sie zog sie sich zu einem Schläfchen zurück, um am Abend nach dem Essen Fit für die Familienmusik zu sein. Der Abend verlief denn auch sehr harmonisch, die ganzen Probleme dieser Erde hatte die Familie noch mehr zusammengeschweisst. Denn jeder spürte irgendwie, dass alle auf einem Pulverfass sassen, dass jederzeit in die Luft fliegen konnte.

Der Sonntag an, welcher wie immer mit einem Spielnachmittag seine Fortsetzung fand. Eden musste wie Jana erst am Montagmorgen wieder zurück, da er nach seinen harten Einsätzen einen Tag geschenkt bekam. So spielten sie bis in den frühen Abend und Mutter Margret hatte ein ganz spezielles Nachtessen zum Geburtstag ihres Mannes Georges gekocht. Eigentlich wollte er seine Geburtstage gar nicht feiern, es macht ihn meist etwas traurig, da Tage nach einem seiner Geburtstage, seine Eltern und seine beiden Brüder bei einem Erdbeben unter den Trümmern ihres Hauses, nur noch Tod geborgen werden konnten. Trotzdem freute er sich selbstverständlich über

das gute Essen, den Margret war eine ausgezeich-
nete Köchin. Am nächsten morgen verabschiedeten sich Eden und Jana um wieder für eine Woche

weg von Zuhause zu verbringen. Mutter Margret, dachte mit Sorge daran, dass es nur noch etwas über ein halbes Jahr dauerte, dann musste auch Sara unter der Woche in die Schule. Aber das war halt der Lauf der Dinge, alles war vergänglich.

KAPITEL 7

Kombi 4711 befand sich wieder auf seinem Fitness
- Parcours im Maggia Tal und fühlte sich moti-
viert, auch etwas, dass er erst seit neustem spürte.
Vor allem in den Höhlen, die er gerne aufsuchte,
blieb er immer länger, hier kehrte in ihm das unkontrollierte eigene ich, vielleicht das menschliche
Wesen wieder zurück. Er war es gewohnt Befehle
zu empfangen und diese emotionslos auszufüh-
ren, irgendwie dämmerte es ihm, dass es da noch
eine andere Dimension gab, die er bisher nicht
kannte. Er hatte auch in seiner Wohnung so eine
Art unkontrollierte Zonen entdeckt, wo er seinen
Gedanken und Gefühlen immer ungehinderter
nachgehen konnte. Da alle Kombis für ganz spezielle Zwecke ausgebildet wurden, für die auch das
menschliche Gehirn genutzt wird, waren viele in
der Lage Hightech Anlagen zu warten und zu reparieren. Sie waren also auf einem sehr hohen Level, aber eben ohne eigene Willens- und Entschei-
dungskraft.

4711 glaubte diese Willenskraft und Selbstbestim-
mung bis zu einem gewissen Grad entdeckt zu
haben. Darum waren die neugewonnenen Gefühle für ihn wie ein neues Leben, umso mehr auch
eine andere Eigenschaft ans Licht befördert wur-

de, unter anderem auch die Neugier. Irgendwie spürte er aber instinktiv, dass dies alles auch sehr gefährlich sein konnte. So ging er sehr vorsichtig ans Werk, wie er es in seiner Ausbildung gelernt hatte. Also fing er an sein Bett, das gleichzeitig auch als Energiestation zur Versorgung seiner Implantate diente, näher unter die Lupe zu nehmen. Wichtig war, dass dies niemand im Kontrollzentrum merken konnte, aber er hatte da so einige Tricks gelernt, wie man gewisse Geräte und defekte Teile mit Überbrückungen notfallmässig trotzdem in Betrieb halten konnte. Dies kam immer öfter vor, da offensichtlich viele unbekannte Phänomene immer häufiger Fehlfunktionen verursachten. Warum wusste er nicht, aber irgendwie war es für ihn merkwürdig, dass die A1 Menschen eigentlich genau gleich waren wie sie. Komischerweise benahmen sie sich aber ganz anders, lachten und spielten miteinander. Er hatte dies in der Schule immer wieder mitbekommen, da er jeweils nach seinen Diensten etwas länger um die Schulbubbles herumlungerte, als sein Zeitplan eigentlich vorgab. Aber er war so weit, dass er in diesen Eingreifen konnte ohne, dass dies aufflog. Die Überwachungsgeräte waren alle mit Monitoren und Tastaturen ausgestattet, die ihm erlaubte unter seiner Nummer die ganzen Ablaufkoordinaten von sich ansehen zu können.

So konnte er sich immer mehr Freiheiten herausnehmen, ohne dass die Kontrollstellen einen Verdacht schöpfen konnten. Er hatte sich fest vorgenommen beim nächsten Dienst in der HyperVakuum Station, etwas länger in der Schule zu bleiben und sich das Ganze etwas näher anzusehen. Es war Samstag und er begab sich wieder auf seine Fitnessrunde, als er in den Höhlen ankam setzte er sich auf einen grossen Stein. Er versuchte hier so etwas wie einen Plan zu erarbeiten. Keine einfache Sache hatte er doch fast 18 Jahre seines Lebens immer nur Pläne ausführen müssen. Aber er war sehr intelligent und neben der Neugier, war es als wenn man eine neue Sprache erlernt. Auch der Umgang in seiner WG warf für ihn plötzlich ein anders Licht auf seine Mitbewohner. Da standen nicht mehr nur Nummern, sondern gefühlte Lebewesen in seiner Nähe. Diese Erkenntnis war ausgesprochen verwirrend für ihn und er brauchte lange, um sich wieder klare Gedanken machen zu können. Zu studieren, Pläne zu schmieden, waren eine grosse Herausforderung, weil ihm diese Dinge in seinem bisherigen Leben fast vollständig abgenommen wurden. So sah er seine Mitbewohner 4712 bis 4714 menschliche Wesen und warum jeder A1 Mensch einen Namen hatte und sie nur Nummern war für ihn ein Rätsel. Aber er beschloss trotzdem seinen drei

WG-Genossen einen Namen zu geben. Wie ging man aber dabei vor? Was er zu seinem Erstaunen auch noch nicht beachtet hatte, dass es weibliche und männliche Wesen gab welche auch entsprechende Namen trugen.

Beim bewussten Hinsehen musste es sich bei 4712 um eine Frau handeln, die beiden anderen 4713 / 4714 waren Männer. So entschied er sich die Frau Laura zu nennen, die beiden Männer Luc und Lex. Ganz unbewusst nahm er damit die neuere Philosophie der A1 Menschen auf, für bestimmte Gruppen den gleichen anfangs Buchstaben zu benutzen. Irgendwie fühlte er sich danach zufrieden und stolz, was für komische neue Gefühle. So verbrachte er den ganzen Sonntag Zuhause musste auch noch genügend Schlaf sammeln, um dann pünktlich um 21 Uhr seinen Dienst in der Schule antreten zu können. Sein Weg führte ihn mit dem Scooter gegen Abend wieder durch den Wald in Richtung Schule. Da hörte er plötzlich lautes Gebrüll und grunzende Geräusche. Kurz darauf hörte er einen Schuss, dann ging ein noch viel grösserer Lärm los. Sekunden später sah er im Vollmondlicht eine Gestalt aus dem Wald rennen, dahinter ein stattliches Wildschwein, das diese verfolgte. 4711 dachte mit Schrecken an einige hier bereits geschehene Unfälle, beschleunigte seinen Scooter und versuchte Hilfe zu leisten. Die Gestalt offensichtlich ein Mann, kam ihm entgegen und 4711 hatte sich in der Zwischenzeit einen riesigen Knüppel vom Waldrand aufgehoben. Als die wütende Bestie vor ihm auftauchte, zog er seinen Knüppel hoch und hämmerte diesen dem Schwein mit voller Wucht auf die Nase. Mit quiekenden Lauten und völlig irritiert verschwand das Wildschwein im schützenden Unterholz. Darauf kam ein ziemlich ramponiert aussehender Mann auf ihn zu. Er war einer der Förster, welche die Wildschweinplagen mit gezielten Abschüssen dezimieren sollten. Sein Name war Franz und er bedankte sich herzlich bei 4711 für seine Hilfe. Als ihn der Mann nach seinem Namen fragte merkte er, er hatte ja selbst keinen. Aber er war sehr schnell da er sich bereits viele Namen ausgesucht hatte, und sagte; mein Name ist Linus. Er einigte sich mit ihm, dass er ihn noch bis zur Schule, wo es ein MediCenter gab begleiten würde. Dort verabschiedete er sich von Franz, der sich nochmals mit aller Herzlichkeit bedankte. Linus alias 4711 betrat knapp aber gerade noch pünktlich, die Schleuse zur Schule, um seinen Dienst auf Hyper19 anzutreten.

Die Sonne stieg langsam im Osten auf und es konnte nicht mehr lange gehen bis Jana in der Schule ankam. Etwas wie Ungeduld kam bei Linus alias 4711 auf, die Zeit wollte und wollte nicht vergehen. Aber dann war es soweit. Linus zog die Kapsel heraus und öffnete die verschlossenen Luke und Jana war wieder in ihrem zweiten Zuhause. Linus half ihr aus der Transportkapsel, gab ihr das Gepäck in die Hand und lächelte sie fröhlich an. Sie erwiderte sein Lachen und sie sagte zu ihm; «Na gut drauf?». Linus war so überrascht, da sie normalerweise nichts miteinander Sprachen, dass er kein Wort herausbrachte und einfach mal vorsichtshalber nickte. Dann war aber der Spuk bereits wieder zu Ende und er musste noch die restlichen neun ankommenden betreuen, dann war für ihn bereits wieder Feierabend.

Auf dem Rückweg nach Hause musste er wieder durch den Wald. Schon von weitem sah er ein paar Fahrzeuge am Waldrand stehen. Als er näherkam, sah er auch den Jäger Franz mit eingebundenem Kopf und ein paar Pflastern an den Händen. Ein paar, offenbar Kollegen und auch Jäger, standen dabei und hatten vermutlich das Wildschwein erlegt, dem er gestern Nacht eine auf die Nase geknallt hatte. Er wurde freundlich begrüsst und Franz stellte ihm seine zwei Kollegen vor, der eine hiess, Biagio und der andere Carlo beides Namen aus der ursprünglichen italienischen Schweiz. Linus verabschiedete sich aber schnell, da er in der WG seine Anwesenheit anmelden musste. Es war enorm wichtig, dass keiner von seinen selbstgewonnenen Freiheiten «Wind» bekam. Denn er hatte unheimliche Angst was passieren könnte, wenn das ganze aufflog.

Zur gleichen Zeit trafen sich Jana mit ihren Freundinnen Jarusa und Juniana. Sie hatten einander viel vom Wochenende zu erzählen, vorerst fing aber wie immer zuerst die Schule an und X5 erschien auf dem Bildschirm. Zum Mittagessen konnten sie aber ihre Erlebnisse zum Besten geben. Es gesellte sich auch noch Heidy dazu, die sehr gerne in dieser Gruppe war und mit ihrer fröhlichen direkten Art auch überall sehr beliebt. Auch Juniana erzählte begeistert, wie sie ihren Vater wieder in die Arme schliessen konnte. Er hatte sehr viel Glück, dass ihm bei dem Erdbeben nichts Schlimmeres passiert war. Traurigerweise gab es trotzdem einige hundert Todesopfer, vor allem in und um die Stadt Tiraspol. Aber sie waren, soweit dies überhaupt möglich war, auf ziemlich alles vorbereitet. Die Schule bot extra Kurse für das Verhalten und welche Konsequenzen für ein Leben auf diesem völlig aus der Kontrolle geratenen Planeten anbot. Was immer hiess schnell handeln zu können, und sich entsprechend ständig wechselnden Situationen anzupassen. Eine sehr schwere Last für Teenager ihres Alters, die selbst noch ihre Rolle als Mensch finden mussten. Jana konnte noch gerade vor dem Nachmittagsunterricht die Geschichte vom Fisch See erzählen, das sich auch zum Guten entwickelt hat. Dann war leider schon wieder Schluss mit dem «Geplapper», der Schulnachmittag setzte sich fort.

Währenddessen hatte sich 4711 und selbsternannter Linus, auf den Weg zu seinen geliebten Höhlen gemacht. Er hatte einiges elektronisches Equipment zusammengestellt, mit dem er der ständigen Kontrolle entgehen konnte. So hatte er eine Mütze gebastelt, die voller Magneten und Solarzellen, die Abschirmung seines Implantates bewirken sollte. Er war mal sehr gespannt, ob das ganze funktionierte, wenn nicht, musste er wohl mit sehr weitreichenden Strafen rechnen. Dass dies sogar sein Leben kosten konnte, war ihm zu diesem Zeitpunkt nicht bewusst.

Er bereitete alles vor und fuhr anschliessend zur Schule, um deren Aussenanlagen einmal genau inspizieren zu können. Eigentlich kannte er als einzigen Zugang nur die Schleuse, die er betrat, wenn er seinen Dienst in der Schule verrichten musste. Er wollte einmal um den ganzen Schultrakt herum. Um allenfalls weiter Möglichkeiten zu finden in die Anlage zu kommen. Er

nahm sich den ganzen Nachmittag Zeit dazu und
konnte einige interessante Zugänge erkunden. So
gab es noch vier weitere Schleusen, durch die die
übrigen Kombis, welche für allerlei Unterhaltsar-
beiten jeweils in die Schule und wieder hinaus-
mussten. Nach dieser Rekognoszierung hatte er
für diesen Tag genug gesehen und begab sich auf
dem schnellsten Weg zurück in seine WG, wo
Laura, Luc und Lex 4712 bis 4714 mit dem Abendessen auf ihn warteten. Es schien nichts aussserge-
wöhnliches zu sein, so ging er davon aus, dass

sein selbstständiges Handeln noch nicht entdeckt wurde. Aber er wusste, er durfte nicht nachlässig werden und Aktionen immer genau Vorbereiten. Wieso er das alles auf sich nahm, konnte er auch nicht genau beschreiben, er wusste einfach er stand vor einem riesigen Berg den er irgendwie überqueren musste.

Kapitel 8

Tiefgreifende Veränderungen bahnten sich auch im asiatischen Bereich der Erde an. Die Meldung kam sehr schnell über alle Ticker, die HyperVakuum Fabrik in Shanghai, welche die Transportrohre vor allem für Asien herstellte, war durch ein starkes Erdbeben zerstört worden. Diese war eine der weltweit nur drei solcher Fabrikationscentren. Man war daran eine vierte aufzubauen, die dringend benötigt wurde, um die Transportwege sicherzustellen. So kam diese Nachricht genau im falschen Moment und die Nachschubwege vor allem im ehemaligen China, Indien und Pakistan waren durch dieses Ereignis stark gefährdet. Auf Grund dieser Situation wurde in Istanbul eine mehrköpfige Kommission gebildet, der auch Eden angehörte.

Eine erste Dringlichkeitssitzung fing bereits am nächsten Tag am Dienstag am frühen Morgen an. Es wurde Pläne und Lagebesprechungen in verschiedenen Gruppen ausgearbeitet, welche dann bis spätestens Donnerstag als ganzes Team kommuniziert und deren Machbarkeit besprochen werden konnte. Es bestand überall Alarmbereitschaft, da die vorgesehenen Transporte nur noch mit komplizierten Umwegen realisiert werden

konnten. Würde dies nur vierzehn Tage so wei-
tergehen, musste der Notstand ausgerufen werden, da die Versorgungslage vor allem mit Nahrungsmitteln zunehmend prekärer würde.

Simon Parker leitete die Sitzung, er begrüsste die
achtzehnköpfige Kommission. Sie waren auch
noch mit weiteren Spezialisten aus dem asiatischen Raum per Videokonferenz verbunden.
Heute wurden die verschiedenen Aufgabenberei-
che abgesprochen und die Gruppen eingeteilt.
Eden wurde zusammen mit den ihm bereits bekannten Fachmänner, mit welchen er bereits das
Problem im elterlichen Fisch See gelöst hatte, eingeteilt. Es war der Schotte MacMurphy, der Franzose Hoarau der aus La Reunion stammte, weiter
der Deutsche Ziesenhenne und der Isländer Gudmundsson, alles alte Notfallhasen.

Sie hatten folgende pikante Aufgabe gefasst; Die
neuen grossen Herausforderungen lagen darin,
dass viel zu wenige Personen zur Verfügung
standen um die ganzen Probleme überhaupt noch
Stemmen zu können. Es gab da aber noch viele
Kombis, die eingesetzt werden könnten, welche
aber mit einem genauen Plan für ihre neuen Aufgaben programmiert werden mussten. So blieb
nur eines, so schnell wie möglich Strategiepläne
auszuarbeiten, und zwar vor Ort. Dieser Ort war

auf Teneriffa beim ehemaligen Observatorium Teide auf rund 2400 Meter. Dies war weltweit einer der besten Punkte, um störungsfrei die Programmierungen über Satelliten zu gewährleisten. So hiess es sofort sich Reisefertig zu machen und vom Einsatzflughafen in Istanbul in etwa drei Stunden auf Teneriffa zu sein. Dort brachte sie ein Helikopter von Santa Cruz in kürzester Zeit hinauf auf den Berg.

Der Zeitplan war sehr eng, sie mussten bis Donnerstagnacht wieder in Istanbul zurück sein. Man hatte dort den neuen Sitzungstermin auf Freitagmorgen verschoben, um allen Gruppen mindestens ansatzweise die Chance für positive Erkenntnisse und Lösungsmöglichkeiten zu geben. So sass das Quintett eine Stunde später im Flugzeug und versuchten diese Zeit zu nutzen, um bereits möglich Ansatzpunkte zu erarbeiten, welche sie den auf Teneriffa wartenden Programmierern bereits vorlegen konnten. Die Zeit schien ihnen wie Sand zwischen den Finger durchzugleiten, alle waren in höchster Anspannung und die Schweissperlen flossen in Strömen. Besonders MacMurphy bekam zwischendurch eine Art Schnappatmung und einen roten Kopf, worauf er irgendwelche Tabletten hervorkramte und diese mit einem Schluck Wasser herunterwürgte. Wenn es nicht so ernst gewesen wäre hätte man beim Anblick seines Rotschopfs, dem roten Gesicht und seinem japsen eigentlich Lachen müssen. Aber Gott sei Dank halfen offensichtlich die Medikamente, denn das hätte gerade noch gefehlt ein weiteres Problem, dass sie jetzt überhaupt nicht gebrauchen konnten.

Der Helikopter wartete bereits mit gestarteten Rotoren und die Fünf rannten mit ihrem wenigen Gepäck zur Maschine, die kaum hatten alle darin Platz genommen, abhob. Sie erreichten das ehemalige Observationsgelände, der Pilot hatte einige Mühe mit dem böigen Wind. Aber es gelang dann doch den markierten Landeplatz anzufliegen. So wie es aussah war auch noch mit einem kräftigen Gewitter zu rechnen und so blieb auch der Pilot, bis sich die Lage wieder etwas beruhigt hatte. Kurz darauf wurden sie vom Leiter der Kombi-Programmierer dem Inder Arawad Shing begrüsst. Sie besprachen kurz die Vorgehensweise und wurden dann zu ihren Zimmern geführt. In einer Stunde war ein Arbeitsessen anberaumt, an dem auch die wichtigsten Mitarbeiter des Instituts teilnahmen.

Im grossen Sitzungssaal war ein reichhaltiges Selbstbedienungs-Buffet aufgebaut worden. An der Frontseite hing eine Videoleinwand um die ganzen Gespräche und Beschlüsse direkt und ohne Verzögerung an alle wichtigen Stellen zu Kommunizieren. So verlor man am wenigsten Zeit, und musste hier nur noch die Details veranlassen. Zuerst ging man die gesamten Schäden durch und die jeweils örtlichen Stellen, gaben ihre Material-Listen, welche sie für die anstehenden Reparaturen voraussichtlich brauchten, da kam einiges zusammen. Anschliessend wurde das benötigte Personal an Kombis errechnet und das wichtigste ihre auszuübenden Funktionen, für welche sie individuell programmiert werden mussten. Dies war für den Leiter Shing und seine Crew von Bedeutung, so konnte ein Teil der Gruppe bereits nach kurzer Zeit mit dem Programmieren beginnen. Anschliessend wurden Pläne für die Anreisen der Kombis in die Schnittstellen der geplanten Aktionen aufgearbeitet. Darauf mussten genaue stichfeste Termine koordiniert werden und sofort an die zuständigen Verantwortlichen weitergeleitet werden. Sie arbeiteten mit viel Kaffee bis spät in die Nacht hinein, um keine unnötigen Fehler zu produzieren, wurde um 01.30 Uhr eine vierstündige Zimmerruhe vereinbart.

Pünktlich um 05.30 Uhr ging es weiter mit einem Frühstück, obwohl keiner richtig schlafen konnte ging man nach kurzer Zeit erneut mit höchster

Konzentration wieder ans Werk. Denn von dieser Arbeit hingen tausende von Menschenleben ab. Der deutsche Ziesenhenne mit seinem Assistenten Gudmundsson brachten viel Routine mit, hatten sie doch in vielen solchen Notoperationen teilgenommen. Aber er hatte einige gute Vorschläge und umsetzbare Abläufe, welche er sofort erläuterte. Wir müssen im Moment die Personentransporte auf möglichst tiefem Niveau halten und nur Lebenswichtige Güter wie Nahrung, Medikamente und Kleidung forcieren. Der ferne Osten muss sich zu diesem Zeitpunkt in ihrer Region eigene Verteilungsschlüssel aufbauen, so dass diese etwa 2 Monate selbstständig agieren konnten, bis alle Verbindungen wieder funktionieren. Die Region naher Osten Europa und nördliches Afrika werden schnellstmöglich mehrfach Magnetrohre zu den Schlüsselstellen gezogen, so dass auch bei weiteren umweltbedingten Störungen die Transporte reibungslos ausgeführt werden können. Er teilte Leiter Shing mit an welchen Orten wie viele Kombis stationiert sind und mit welchen Aufgaben diese betraut werden. Dazu kämen noch etwa je zehn Prozent A1 Menschen in leitender Funktion. Dies würden dann bei der Rückkehr in Istanbul eingeteilt. Der Franzose Hoarau hatte in der Zwischenzeit bei den verbliebenen zwei Listen für die gebrauchten Materialien erstellt und diese bestellt. MacMurphy übernahm die Termine wann und wo die ganzen Produkte geliefert sein müssen. Eden, obwohl klar der jüngste übernahm als Sprecher die Gesamtkoordination, etwas dass er ausgezeichnet beherrschte. Trotz intensiven Arbeitens dunkelte es am Donnerstag bereits ein, als sie mit dem Hubschrauber auf den Teneriffa Airport gebracht wurden, um dort ins bereitstehende Flugzeug Richtung Istanbul einzusteigen. Es war späte Nacht als sie über Istanbul flogen, man sah wenige Lichter, im Gegensatz zu früher. Der Meeresspiegel hatte wichtige Teile der Stadt versinken lassen, auch eine Haga Sophia war ein paar Meter unter dem Wasser und ragte nur noch wenige Zentimeter aus dem Wasser. Es waren auch viele andere Stadtteile Opfer des steigenden Meeres geworden. Auch der alte Flughafen und viele Kunstwerke wurden von den Wassermassen verschluckt. Man hatte zum schwarzen Meer eine riesige Staumauer erstellt, dass wenigstens diese Uferregionen keine Schäden erlitten. Durch diese Massnahme war das schwarze Meer um rund 50 Meter tiefer als die übrige Meereshöhe. So war zum Glück der neuere Flughafen noch intakt und konnte den Betrieb aufrechterhalten. Nach der Landung schnurstracks ins Sitzungshotel, um sich für das morgige Meeting noch etwas ausruhen zu können.

Morgens um 7 Uhr wurden sie geweckt und bemühten sich schnellstmöglich, wieder wach zu werden und nach dem Frühstück ihre Gesamtstrategie allen wichtigen Stationen vorstellen zu können. Dies musste noch heute Freitag alles in Auftrag gegeben werden. Denn am Montag wurden bereits die ersten Projekte in Angriff genommen. Eden konnte am Samstagmorgen wieder einmal nach Hause. Was er nicht wusste, dass dies für längere Zeit der letzte Besuch war. Durch die immer schlimmer werdenden Bedingungen auf der Erde, mussten neue Ideen her auf welche Weise das ganze überhaupt noch unter Kontrolle gehalten werden konnte.

Samstagmorgen traf Eden mit dem Hyper in der väterlichen Fabrik ein und durfte für einmal die gesamte Familie begrüssen, welche ihn wie immer herzlich empfingen. Das schon fast eingeübte Wochenendprogramm wurde mit viel Freude zu einem der letzten fröhlichen Tage, welche sie gemeinsam erleben durften. Es wiederholte sich wie immer, wenn alles am schönsten geht alles zu schnell vorbei und so war bereits wieder Montag und Jana wurde in die Schule verabschiedet. Eden folgte kurz darauf ins Uni-Institut nach Istanbul. Kaum angekommen wurde er vom Bereichsleiter Simon Parker zu sich gerufen. Sie begrüssten ei-

nander und Parker kam sehr direkt zur Sache. Er
meinte Eden hätte bei diesem Projekt wieder aus-
gezeichnete Arbeit geleistet, aber er werde ihn
von diesem Projekt abziehen, da dieses ab jetzt, so
hoffe er, einen positiven Verlauf nehmen werde.
Er setzte nun eine sehr ernste Mine auf und sagte
zu Eden; «Was ich ihnen jetzt sage ist höchst ge-
heim, sie dürfen darüber weder mit ihrer Familie
noch Freunden oder sonst wem sprechen.» erfuhr
fort; «wir müssen realistisch feststellen, wenn wir
die Entwicklung unseres Planeten betrachten,
dass die Wahrscheinlichkeit gross ist, dass wir
diesen in nicht allzu langer Zeit verlieren werden
und kein menschliches Wesen mehr hier existie-

ren kann». Er liess die Worte wirken und machte eine lange Pause. Dies würde für sie eine Umstellung bedeuten und würden unter meiner Leitung in eine neues Projekt Namens «Sphinx» abgestellt. Dies beinhaltet in einer ersten Phase, den Aufbau, Fabrikation und Gesamtorganisation von Raumgleitern. Deren Ziel es ist mit vier solcher Raumgleitern auf dem Mars eine im Aufbau befindliche Raumstation mit ähnlichen Bubbles wie sie hier auf der Erde schon stehen, zu besiedeln zu bepflanzen, um einen winzigen Teil menschlichen Lebens erhalten zu können. Er meinte; «Sie können auch ablehnen, sind aber trotzdem zum Stillschweigen verpflichtet. Sie haben bis morgen früh Zeit mit einem Ja oder Nein zu Antworten. Wenn sie Ja sagen heisst das für sie in 3 Tagen in die ehemalige ESA Station im französischen Guyana als ihre neue Arbeitsstation».

Völlig verwirrt verliess er das Büro und war sich der Tragweite eines solchen Entschlusses sofort bewusst, er würde seine Familie kaum noch sehen und wenn dann über Video. Er war kurz vor seinem 19. Geburtstag was für eine Entscheidung und gleichzeitig was für eine Chance. Mit der schweren seelischen Last ging er auf sein Zimmer und versuchte lange vergebens einzuschlafen.

Kapitel 9

Am andere morgen hatte Eden seinen Entschluss gefasst. Er musste es tun, obwohl das ganze ihm sehr nahe ging. Aber die Zeiten waren so schlecht, man musste die letzte Chance nutzen noch zu retten was überhaupt möglich war. Es war schon wenig genug. Vielleicht erholte sich die Natur auf der Erde wieder einmal und eine spätere Rückkehr wäre denkbar. Wirklich Wissen konnte das aber zu diesem Zeitpunkt niemand. So meldete er sich schweren Herzens bei seinen Eltern und versuchte ihnen die ganze Sachlage zu erklären. Vater Georges und Mutter Margret nahmen das ganze scheinbar mit viel Ruhe zur Kenntnis, obwohl er meinte bei seiner Mutter Tränen über das Video erkennen zu können. Sie versprachen ihm das ganze seinen beiden Schwestern Jana und Sara so schonend wie möglich beizubringen.

4711 alias Linus fühlte sich immer sicherer mit seinem neu gewonnenen Leben die mehr Freiheit mit sich brachte. Vor allem eigene Pläne schmieden und selbstbestimmte Entscheidungen zu treffen waren eine wunderbare neue völlig unbekannte Lebenserfahrung. Was er nicht wusste, war die Tatsache, dass durch das weltweite Chaos und völlig ausgelasteten Programmierer die Kontrollsysteme der übrigen Kombis ziemlich heruntergefahren wurden. So profitierte er zusätzlich unbewusst von diesem Zustand. Linus freute sich schon riesig auf Montagmorgen, wenn Jana wieder eintraf.

Pünktlich traf sie dann auch ein, er öffnete wie üblich ihre Kapsel und half ihr Auszusteigen. Er begrüsste sie lachend, und sagte: «Schau mal in der Mittagspause nach dem Essen aus dem Fenster, ich werde unten stehen». Sie lächelte zurück und meinte; «Das mache ich sehr gerne, ich freue mich darauf» und verschwand durch die Tür. Es erfasste ihn ein Gefühl, dass er in seinem ganzen Dasein noch nie gehabt hatte und wusste nicht, dass man dies unter A1 Menschen als verliebt bezeichnete. So fuhr er nach seinem Dienst geradewegs nach Hause, ass und trank etwas und ging in seine Höhlen, um sich für den Mittag vorzubereiten. Eine nie gekannte Ungeduld und Nervosität machten sich in ihm bemerkbar, alles Dinge, mit denen er nie gelernt hatte umzugehen.

Kurz nach dem Mittagessen stand Linus vor dem Bubble und wartete bis sich Jana am Fenster zeigte. Es ging nicht lange und sie stand am Fenster und winkte ihm zu. Er hatte ein kleines Plakat vorbereitet, da er wusste durch welche Schleusen er allenfalls in die Schule kommen könnte. Er musste nur noch einen Weg finden, dass die Innenkontrollen keinen Verdacht schöpfen konnten. Aber er war inzwischen so gewieft, dass er sich ohne weiteres zutraute den gleichgestellten Kombis in Sachen Cleverness um einiges überlegen zu sein und überzeugt war, alles unter Kontrolle zu haben. Er hatte viel geübt und alles durchdacht, so schnell kam ihm keiner auf die Schliche. So hatte er nun auf das Plakat geschrieben; «Bin morgen um die gleiche Zeit bei Schleuse 4, kommst Du auch?» Er sah, wie sie las, worauf sie heftig nickte und noch einmal kräftig winkte und verschwand. Linus war sehr zufrieden und machte sich auf den Heimweg, wo er den morgigen Tag kaum erwarten konnte. Das Gefühl der Ungeduld war bei den Kombis nicht bekannt. Sie waren so programmiert, dass wenn man sie gerade nicht brauchte, wie einen Staubsauger abschalten konnte, und erst beim nächsten geplanten Einsatz wieder aktivierte. Diese Hirnstrukturen waren bei Linus nicht mehr unter Kontrolle der Techniker, die dieses System verwalteten. Er hoffte einfach nicht entdeckt zu werden, war aber sehr zuversichtlich. Die Chancen standen gut hatten die weltweiten Arbeiten an den ständig immer mehr zerfallenden Infrastrukturen, die Augenmerke auf ganz andere wichtigere Dinge fokussiert.

Jana rannte zu seinen beiden Freundinnen zurück und hatte einen hochroten Kopf. Die beiden Mädchen wunderten sich, denn sie hatten Jana noch nie derart ausser sich gesehen. Sie bedrängten Jana zu erzählen was bei ihr einen solchen Eindruck hinterlassen hatte. Sie versuchte so gut dies ging das Ganze zu erklären, worauf diese etwas sorgenvolle Gesichter aufsetzten. Denn es war eigentlich strengstens verboten nähere Kontakte zu Kombis zu unterhalten, die über geplante Aktionen hinausgingen. Und als sie hörten, dass er sie Morgen an der Schleuse 4, dem Eingang der Reinigungs- und Unterhaltsequipe treffen wollten, machten sie sich schon grosse Sorgen. In der Nähe der Schleuse hatten sie auch ihre wöchentlichen Sportkonkurrenzen, hier waren auch die Umkleidekabinen und Duschen. Sie versprachen aber sie zu unterstützen, wo es ihnen möglich war. Jana bedankte sich herzlich bei Jarusa und Juniana und fieberte dem Ereignis entgegen.

In dieser Zeit räumte Eden sein Zimmer in Istanbul endgültig, denn es war kaum anzunehmen, dass er hier noch einmal wohnen würde. Morgen früh war es soweit, der Abflug nach dem ehemaligen französischen Guyana stand bevor. Der amerikanische Kontinent hatte sich sehr selbstständig eine Transportinfrastruktur aufbauen müssen. Auch hier waren durch mehrere Erdbeben, Vulkanausbrüche und Stürme bis zu 400 Km/h und Anstieg des Meeresspiegels ganze Landstriche verwüstet, überschwemmt und unbewohnbar gemacht worden. Viele giftige Stoffe aus grossen Fabriken waren in die Umwelt gelangt und hatten unter der Flora und Fauna dramatische Schäden angerichtet. Strassen gab es nur noch bruchstückweise, so dass die meisten Transporte nur noch mit Grosshelikoptern oder an den wichtigsten Punkten noch bestehende Flughäfen mit Transportflugzeugen ausgeführt werden konnten. Die ganzen Küstenstreifen waren von Kanada bis nach Argentinien um teilweise über 100 Kilometer manchmal sogar noch mehr ins Landesinnere verschoben worden.

Sonderbarerweise waren die atlantischen Küsten um den amerikanischen Kontinent «nur» etwa 50 bis 60 Meter gestiegen, so das wohl auch Kouru und Cheyenne unter Wasser waren. Die Fabriken für die Weltraumgleiter waren indes etwa vierzig Kilometer ins Landesinnere verlegt worden. Vorgesehen waren in den ersten drei Jahren vier Raumfähren in denen je 266 Personen Platz hatten und jede Menge Ladefläche für Pflanzen, Nahrung, Samen und zuerst Kleintieren aller Art, wie

Hühner, Hasen, Truthennen kleinwüchsige Ziegenarten. Der Platz musste auf optimale Weise ausgenutzt werden. Nach diesen drei Jahren sollten nochmals eine Serie dieser Gleiter gebaut und nach den Erfahrungen der ersten vier angepasst werden. Eine weitere Planung wäre wohl kaum sinnvoll, den täglich veränderte sich die Lage und es war schon schwierig alles der aktuellen Lage anzupassen.

Eden wurde von seinem «alten» Vorgesetzten Simon Parker herzlich an seiner neuen Arbeitsstelle begrüsst. Die riesigen Hallen, in welchen diese Raumgleiter hergestellt wurden, waren beeindruckend. Jeder einzelnen dieser Einheiten waren auch klimatisierte Bürogebäude angeschlossen. Dies war ausserordentlich wichtig, da sich die Temperaturen nicht an die Vorausberechnungen der Wissenschaft hielten und ständig stiegen. Er kam in den Trakt 2 und wurde dort seinen engsten Mitarbeitern vorgestellt. Die Wohneinheit war dann etwa 5 Kilometer entfernt in einem grossen Bubble mit einem Park und einem kleinen See, in dem man schwimmen konnte.

Es gab hier kleine Zweizimmerwohnungen mit Schlafzimmer, Stube einer gut eingerichteten Küche mit Dusche und Toilette. Man konnte auch fertige Menus und Getränke jederzeit über den

Warenlift bestellen. In der Stube waren Computer und Internet für Verbindungen sowohl ins Büro wie auch in die ganze Welt, oder was noch von dieser übrig war, installiert. Es gab im Bubble auch Aufenthaltsräume mit Bibliotheken, Spielecken für Gesellschaftsspiele, Musikraum, in dem man jede nur erdenkliche Musikrichtung über Kopfhörer abrufen konnte. Diese Wohneinheiten konnten über ein System mit Raupenfahrzeugen erreichen, die alle 20 Minuten zwischen den Arbeitsplätzen und den Wohneinheiten zirkulierten. Eden richtete sich zuerst einmal häuslich ein und versuchte den freien Tag so viel wie möglich zu entspannen, denn er wirkte durch den ganzen

Trouble etwas ausgelaugt. Er musste am Morgen pünktlich um 7.30 Uhr Ortszeit an seiner neuen Arbeitsstelle antreten.

Linus ging am anderen Tag voller Erwartungen, welche er gar nicht kannte mit «rasendem» Herzen zur Schleuse 4 und konnte diese ohne Probleme überwinden. Er begab sich zu der vorgegebenen Zeit ins Sportgelände, wo er hoffte Jana bald sehen zu können. Jana fieberte der Begegnung nach dem Mittagessen ebenfalls entgegen und eilte nach der Mahlzeit sofort vom Tisch in den Sportpark. Sie sah ihn schon von weitem und rannte einfach auf ihn zu und ohne zu überlegen umarmten sie sich einfach und wollten sich nicht mehr loslassen. Nach einigen Minuten, die für Linus wie ein Fenster in ein neues Universum zu sein schienen, setzten sie sich auf eine Garderobenbank, sahen einander schweigend an. Linus erzählte ihr nach einer Weile seine Geschichte und war sehr traurig, dass sie wohl nie eine Chance haben werden länger zusammen zu sein. Und wehe, wenn sie entdeckt würden. Jana war etwas durcheinander, da auch für sie die Situation völlig neu war und sie noch nie mit einem Kombi näheren Kontakt hatte. Diese beschränkten sich jeweils, wie wenn man ein elektrisches Gerät benutzte und nach Gebrauch mit Knopfdruck einfach ausschaltete. Menschliche Gefühle und Ver-

haltensweisen war ihr von dieser Spezies völlig unbekannt. Trotzdem beschloss sie für sich, dass sie das Ganze mit Rektor van Halen näher besprechen wollte. Aber die Zeit war schon wieder um und sie mussten sich mit einer erneut langen Umarmung verabschieden. Sie verabredeten sich aber wieder auf morgen um die gleiche Zeit.

Eden hatte wenig geschlafen, die Aufregung mit der neuen Arbeit und dem unbekannten Umfeld löste eine innere Unruhe in ihm aus. Nach der Dusche zog er sich an bestellte ein kleines Frühstück über den Warenlift, machte sich fertig und verliess die Wohnung, um mit dem Raupenfahrzeug sein Büro zu erreichen. Er wurde hier von seinem neuen Bürochef Kill Spencer erwartet. Sie waren ein Team von 10 Personen welche ihm Spencer jeden einzelnen vorstellte. Alle die Funktionen wurden besprochen, etwas viel auf einmal, aber er bekam schriftliche Unterlagen und das Team war in seinem Userkonto sowieso noch im Detail hinterlegt. Sie waren zuständig für die Organisation der Startbeladung also Passagieren, Material und möglichen Pflanzen und Tieren. Dies schien auf den ersten Blick sehr früh zu sein, dauerte es ja noch fast drei Jahre bis zum Start. Aber wenn man genauer hinsah war die Zeit schnell vorbei. Schon allein die Kriterien welche Passagiere von wo und welchen Alters die Flüge antreten durften. war schon an sich eine riesengrosse «Knacknuss». Es waren nur Leute aus Zonen zugelassen, welche noch in kontrollierten Gebieten lebten und registriert waren, dies waren nach heutigen Erkenntnissen noch gut zwei Millionen Menschen und etwa 70'000 programmierte Kombis. Wo sich in anderen Gebieten noch Lebewesen aufhielten beziehungsweise am Leben erhalten konnten, war nur zu erahnen aber nicht mit Bestimmtheit zu Beantworten. Es würde schon schlimm genug sein eine Auslese aus den noch Zugelassenen zu erstellen. Denn mit den ersten vier Raumgleitern konnten gerade einmal etwas über tausend Menschen transportiert werden. Was dann drei Jahre später noch möglich sein würde stand buchstäblich in den Sternen.

Jana wollte unbedingt mit dem Rektor einen Termin buchen, dieser wiegelte sie aber zuerst ab, es müsse sich schon um etwas sehr Wichtiges handeln. Nachdem Jana darauf bestanden hatte, dass dies wirklich wichtig war wurde ihr einen Tag später ein Termin gewährt. Sie hatte grosse Angst ihr Anliegen vorzubringen, denn wenn der Rektor dies mit Linus in den falschen Hals bekam, war er verloren. Aber es gab keinen anderen Weg sie musste etwas unternehmen. Als sie am anderen Tag in sein Büro trat schlug ihr Herz bis zum Hals. Aber Rektor van Halen hatte ein gutes Gespür, wenn etwas Wichtiges im Raume stand. Er hörte sich ihre Geschichte, ohne sie zu unterbrechen, und sah sie dann lange an. Dann setzte er sehr bedächtig mit einer ruhigen Stimme zur Antwort an, und sagte; «Ja Mädchen, das ist sicher eine nicht einfache Sache. Aber ich bewundere deinen Mut und möchte dir helfen.» Jana sah ihn verdattert und doch sehr erfreut an. «Wir müssen das ganze aber sehr genau durch planen damit nichts schiefgeht» meinte er anschliessend. Er werde sich an die nötigen Stellen wenden, vielleicht gäbe es da eine Möglichkeit. Er versprach ihr sie schnellstmöglich darüber zu informieren. Völlig aus dem «Häuschen» rannte sie zu ihren beiden Freundinnen Jarusa und Juniana und erzählte ihnen aufgeregt die Neuigkeit. Sie hörte die nächsten zwei Tage nichts mehr und wurde sehr ungeduldig, denn morgen war schon wieder Freitag und das Wochenende stand bevor. Als am Freitagmorgen bei Lehrer Hausmüller die Schulstunde kaum angefangen hatte, bekam sie vom Lehrer die Mitteilung, dass sie sofort zu Rektor van Halen gehen soll. Eiligst verliess sie den Schulraum und begab sich mit dem Body Lift ins Büro des Rektors. Er machte ein sehr freundliches Gesicht und begrüsste Jana. Er sagte ihr; «Du hast ein riesiges Glück mit deinem Anliegen» meinte er; «durch die gegenwärtigen Umstände, die sich leider überall auf der Erde verschlechtern, sind die leitenden Kontrollbehörden damit einverstanden, dass Linus alias 4711 ab sofort hier im Schultrakt untergebracht werden und hier leben kann». Zudem ist vorgesehen, dass eine Auswahl von etwa 200 Schülern dieser Schule am Übersiedlungsprojekt auf den Mars in drei Jahren teilnehmen können. Eine Mitteilung deren Tragweite zum jetzigen Zeitpunkt noch gar niemand richtig einordnen konnte.

KAPITEL 10

Die Verhältnisse auf der Erde nahmen in immer schnellerer Abfolge einen negativen Verlauf. Die Menschen konnten nur noch reagieren und nicht mehr agieren, was nötig gewesen wäre, um überhaupt noch irgendetwas steuern oder bestimmen zu können.

Die Zonen wurden immer kleiner, in denen ein geordnetes Leben ohne grosse Technische Anstrengungen möglich war. Es waren fast nur noch extreme Wetterkapriolen, die den blauen Planeten heimsuchten. Da zudem die Meere sämtliche bis anhin positive Strömungen aufgegeben hatten und der Hitze-Kälte Ausgleich nicht mehr stattfand. Wegen dieser menschgemachten von Geldgier getriebenen blinden Generationen, welche jedes Mass verloren hatte, war die Situation mehr als aus dem Ruder gelaufen und eine Umkehr längst verpasst. Selbst die sogenannten noch mässigen Zonen wurden regelmässig abwechselnd von Dürren, Überschwemmungen, Erdrutschen, Erdbeben und immer mehr vulkanische Ereignissen erschüttert.

So war es nicht verwunderlich, dass auch die Schule von Jana nicht verschont blieb. Dort hatte es bereits tagelang geschneit, und die Schneede-

cke war in der Zwischenzeit auf über 2 Meter an-
gewachsen. Ein Problem, dass die dazu völlig un-
geeignete Infrastruktur nicht so einfach schlucken
konnte. Es konnten keine Personentransporte
mehr durch geführt werden, da die Gefahr das
die HyperVakuum Rohre unter der Last zusam-
mengedrückt werden äusserst heikel war. Diese
Rohre mussten bis anhin kaum grossen Druck
von oben bzw. aussen aushalten. So beschränkte
man sich vor allem noch auf Nahrungsmittel-
transporte, welche jetzt da alle Wohnplätze besetzt waren, besonders wichtig waren. Helikopter
versuchten mit ihren Rotoren die Bubblehülle zu
entlasten, indem sie die Schneelast ins Rutschen
bringen, um diese vom immensen Druck zu be-
freien. Dies gelang zum Glück recht gut. Da es

aber unentwegt weiterschneite war die Gefahr noch lange nicht ausgeräumt. Dies hiess für alle Schüler am Wochenende auf die Heimreise verzichten zu müssen. Zum Glück konnten für die Organisation auch die Kombis mit alpinen Pistenfahrzeugen versorgt und ihre Arbeit im Schultrakt trotzdem fortsetzen. Jana und Linus verbrachten viel Zeit zusammen, was auch immer wieder zu Spannungen mit ihren beiden Freundinnen führte, denn es war eine völlig neue Situation in ihrer Gruppe entstanden. Dazu kam bei vielen Schülern das Heimweh, welches sich immer häufiger in Aggressionen und einer Art «Lagerkoller» manifestierte. So beschloss Rektor van Halen mit den Lehrkräften im Moment im schulischen Bereich vermehrt deeskalierende Massnahmen zu ergreifen und das Lehrprogramm der aktuellen Situation anzupassen.

Endlich nach vielen düsteren Tagen, zeigte sich die Sonne wieder und ein wunderbarer blauer Himmel wurde sichtbar. Allein dies führte schon zu einer positiveren Stimmung. Es wurde beschlossen, dass die Schüler unter Aufsicht einer Lehrperson klassenweise für ein bis zwei Stunden das Bubble über eine der Schleusen verlassen konnten und die günstige Wetterlage zur Bewegungstherapie in der Natur nutzen konnten. Der

Schnee hatte auch den positiven Effekt, dass die sonst sehr problematische Atemluft in der Atmosphäre wie ein Filter gereinigt wurde. Jana hatte schon mehrmals Kontakt mit Zuhause und machte sich grosse Sorgen. Ihre kleine Schwester Sara weinte sehr oft, so dass sie sich vornahm einmal täglich über Video mit ihr mindestens Reden zu können. Auch ihre Eltern machten ihr Sorgen, die Mutter wirkte sehr traurig und der Vater hatte wieder die akuten Rückenschmerzen, welche er mit verschiedenen Medikamenten zu lindern versuchte.

So ging etwa ein Monat ins Land. Die Situation mit dem Schnee hatte sich etwas entschärft, aber war immer noch ein wichtiges Thema. Jana sprach gerade mit ihrer Schwester als ihr Vater ins Videobild kam. Er begrüsste sie und sagte; «Liebe Jana ich danke dir, dass du so zu deiner Schwester schaust. Leider gibt es nichts sehr Schönes zu berichten. Durch verschiedene Beben sind am Grund des Sees immer mehr Risse entstanden, es könnte durchaus sein, dass wir diesen Teil der Fabrik schliessen müssen, durch die stärker austretenden Gase verenden immer mehr Fische. Tauchen geht nicht mehr zu gefährlich. Wir sind daran die Zonen zu trennen, um nicht selbst in Gefahr zu geraten.» Jana war sehr traurig und weinte bitterlich, als Linus gerade ins Zimmer trat und sie beruhigend umarmte. Es war wichtig für Jana so jemanden hinter sich zu wissen.

Zur gleichen Zeit sass Eden in seiner Wohnung und hatte das Desaster mit dem See auch schon mitbekommen. Er machte sich Vorwürfe, dass er Zuhause nicht helfen konnte. Aber was hätte er ausrichten können…… kaum etwas, offenbar lebten sie in einer Zeit, wo man aus allem einfach nur noch das bestmögliche machen musste. Er begab sich wieder zur Arbeit und konnte so die grossen Sorgen ein bisschen zur Seite schieben. In seinem Büro war ihm eine Assistentin zugewiesen worden, sie hiess Elenora und war aus dem was von Brasilien übriggeblieben war, nach Guyana verschlagen worden. Sie war eine ausgesprochen lustige Person. Obwohl ihre ganze Verwandtschaft wohl beim grossen «Tsunami» die einige Grossstädte an der Küste schwer verwüstet hatten, vermutlich umgekommen waren. Zumindest hatte sie den Kontakt verloren. Sie selbst hatte nur durch Zufall überlebt, war sie doch zur Unglückszeit mit der Schulklasse in einem Lager auf über tausend Meter über Meer. Durch diese Umstände hatten die beiden schnell einen guten Draht zueinander gefunden und verabredeten sich immer mehr auch privat. Dies war eigentlich von der Geschäftsleitung nicht unbedingt gerne gesehen. Da aber offensichtlich die Arbeit nicht darunter zu leiden schien, wurden keine Einwände vorgebracht. Ihre Arbeit gestaltete sich als äusserts schwierig, mussten doch für den etwa 14 Monate dauernden Flug zum Mars junge gesunde Menschen rekrutiert werden, welche die Strapazen überstehen konnten. Ausserdem mussten sie gute Gene haben, um eine Fortpflanzung auch auf dem Mars gewährleisten zu können. Diese wurden unter anderem aus den noch verbliebenen zwanzig kontrollierten Schulen rekrutiert. Die Altersspanne sollte zwischen acht bis maximum fünfunddreissig Jahren bestehen, von zwingenden Ausnahmen abgesehen. Dies war eine knallhartes Auswahlverfahren, das unter den gegebenen Umständen nicht zu umgehen war. Sie mussten jedes einzelne in Frage kommende menschliches Wesen zu denen noch Zugang war, genau überprüfen und mit ja oder nein für ein Zulassung zu dieser Mission zu deklarieren. Eden tat sich sehr schwer damit, den hinter jedem Dossier war ein Mensch und vielleicht musste er hier sogar über Leben und Tod entscheiden. Eine Tatsache die ihn immer wieder schwer belastete.

Aber es gab keinen anderen Weg und so musste er wohl oder übel seine Gefühle dem ganzen Projekt unterordnen. Gott sei Dank hatte er mit Elenora eine starke Frau gefunden, mit welcher er in langen Gesprächen die ganzen Probleme aufarbeiten konnte. Trotz ihrer knapp 22 Jahren hatte sie eine innere und durch ihre Erlebnisse sehr hohe psychische Belastungsgrenze, es war für Eden ein Riesenglück mit ihr diese Aufgabe angehen zu dürfen.

Alle noch vorhandene Schulen mussten ihre Schüler Gentechnisch untersuchen lassen, Abklärungen von allfälligen Erbkrankheiten und sonstige Auffälligkeiten. In der Schule von Jana wurden alle Schüler innerhalb der nächsten vier Monate genaustens darauf untersucht. Um nur die überlebensfähigsten ihrer Altersgruppen für diese Projekt bestimmen zu können. Dies war den meisten gar nicht bewusst was hier eigentlich genau ablief, da man das ganze unter einem sehr diskreten Motto durchführte, denn eine solches aussortieren könnte zu grossen Unruhen und möglicherweise massiven Protesten führen.

Darum wurde dieses sehr heikle Projekt in die Wege geleitet und man hoffte möglichst lange die wahren Hintergründe unter dem «Deckel» halten zu können. Linus und 10 weitere Kombis wurden auch zu dieser Untersuchung zugelassen, um auch in diesem Bereich technisch hochgebildetes Personal auf den Raumgleitern einsetzen zu können. Jana sprach abends wieder mit ihrer Schwester Sara, sie weinte öfters, konnte sie doch auch nicht mehr im Fisch See tauchen gehen und war auch sonst viel für sich allein. Mutter Margret kam auch noch dazu, und äusserte die Befürchtung, dass wohl früher oder später die ganze Fabrik nicht mehr zu halten sein werde. Wenn diese in der Regelmässigkeit zunehmenden Beben sich so fortsetzten und auch Georges hatte gesundheitliche Probleme. Aber sie freute sich auch dass es Jana so gut ging.

Jana erinnerte sich an ein Gespräch mit Heidy von der anderen Klasse. Sie hatte ihr gesagt, dass bei ihnen im Bubble in Zug, kaum fünf Minuten durch die Gotthardröhre noch eine Wohnung frei sei. Sie sagte der Mutter, dass sie schnellstmöglich mit Heidy darüber sprechen werde. Vater hatte immer noch heftige Schmerzen im Rücken konnte aber wegen der Fabrik nicht weg. So konnten sie für zwei Wochen einen Physiotherapeuten verpflichten, die ihn im Krater behandeln konnte.

Am anderen Tag sprach Jana Heidy darauf an, und sie versprach ihr sofort, die Lage mit ihren Eltern zu besprechen. Die Antwort kam überraschend schnell, es gäbe die Möglichkeit eine Familie aufzunehmen. Vor allem wären da auch noch andere Kinder im Alter von Sara, was dieser sicher sehr guttun würde. So entschlossen sich Margret mit ihrer Tochter Sara, diese Chance zu nutzen, um an einen sichereren Ort nach Zug zu ziehen. So geschah alles viel schneller als geplant, kaum zwei Wochen später war Mutter und Sara in ihrem neuen Domizil eingetroffen. Für Sara etwas ganz neues, fanden sich in ihrer Umgebung zahlreiche Spielkameraden. Sie war fast ein bisschen überfordert, da sie das wilde Spielen mit den anderen gleichaltrigen Kindern bisher nicht gekannt hatte. Manchmal zog sie sich darum in ihr neues Zimmer zurück um ihre innere Ruhe wieder finden zu können. Denn sie war trotz ihrer bald fünf Jahren, viel reifer als ihre Altersgenossen. Vater Georges blieb auf dem Vulkan um noch möglichst lange den Betrieb aufrecht zu erhalten, den Fleisch, Milch, Käse war ein knappes Gut geworden.

Kapitel 11

Es ging so fast ein Jahr weiter, ohne das neue erwähneneswerte gröbere Ereignisse etwas an der prekären Lage verändert hätten. Es konnten sogar kleine Erfolge verbucht werden, die als vierte für HyperVakuum Rohre geplante Fabrik war fertig gestellt worden. Und das zerstörte Werk in Shanghai war auf gutem Wege zu einem Neuaufbau. Alle hofften, dass nicht wieder neue Rückschlage die Pläne zunichte machen würden. Aber es schien so etwas wie die Ruhe vor dem Sturm und es war eine grosse Spannung unter den Menschen, was wohl als nächstes passieren würde. Denn dass es wohl wieder irgendwo Unglücksherde geben würde, war jedem ziemlich klar. Diese Ungewissheit trieb auch viele sonst gesunde, eigentlich stabile Personen in den Wahnsinn. Viele Kliniken waren zusätzlich vor allem für psychische Probleme umgerüstet worden, denn die sich immer mehr häufenden Fälle hatten ein bedenkliches Ausmass angenommen. Es gab eine Unzahl von Suiziden, welche teilweise ganze Familien dahinraffte.

Durch die diversen Transportunterbrüche, und Nahrungsengpässen mussten die Verwaltungsbezirke strenge Massnahmen erlassen. Die Lebensmittel wurden rationiert und jeder bekam seine Menge mit PowerBook Punkten zugeteilt. Jeder hatte eine Anzahl Punkte, die ihm in einem beliebigen Ausgabeshop für Nahrungsmittel zu seiner Verfügung standen. Viele ältere erinnerten sich noch an Erzählungen ihrer Eltern und Grosseltern, dass sich schon einmal in den beiden Weltkriegen im letzten Jahrtausend ein solches Horrorszenario abgespielt hatte. Nur waren es damals noch gedruckte Markenbogen, bei denen auch immer noch etwas mit Tauschgeschäften geschummelt werden konnte. In der jetzigen digitalen Welt gab es dies nicht mehr, die Punkte wurden gnadenlos an jeden gleich verteilt und waren diese verbraucht gabs keinen Zusatz mehr.

Eden und Elenora waren inzwischen ein Paar geworden und hatten sich in einer kleinen privaten Feier verlobt. Auch die Geschäftsleitung gratulierte herzlich. Trotzdem mussten sie beim obersten Leiter des Projekts Simon Parker «antraben». Als sie in seinem Büro sassen meinte er; «Wie ihr wisst, sehen wir solche Verbindungen innerhalb eines laufenden Projektes sehr ungern. Aber ich kenne Eden nun schon einige Zeit, und denke das ein professionelles Arbeiten mit euch beiden trotzdem möglich sein sollte». Eden bedankte sich herzlich und er und Elenora wollten bereits aufstehen und gehen. Aber Simon Parker war noch nicht fertig; «Aber das wichtigste ist, für die Zeit dieses Projektes müsst ihr euch zwingend verpflichten, keine Kinder zu haben. Dies würde sonst das ganze Projekt gefährden. Normalerweise gehen mich solche Dinge nichts an, aber in einem solch wichtigen Fall ist dies unbedingt notwendig. Denkt daran, es geht nicht nur um euch, sondern vielleicht ums Überleben der gesamten Menschheit. Ich hoffe ihr seid euch dieser Tatsache und Wichtigkeit eurer Arbeit bewusst»; schloss er mit ernster Miene ab. Eden und Elenora sahen sich etwas «erstaunt» an, da sie an Nachwuchs noch gar nicht gedacht hatten. Sie versprachen aber Parker ihre ganze Kraft und Einsatz bis zum Abschluss der Raumgleiter-Mission erfüllen zu wollen. So gingen sie zurück an ihre Arbeit, es war noch viel zu Tun. Sie hatten bereits die Zusammenstellungen der Pflanzen und Kleintiere und diversen Samen zusammengestellt und waren an der Organisation, dass diese zum Zeitpunkt X ohne Schäden oder Verletzungen an der richtigen Stelle waren. Das Ganze sehr heikle Transportgut mussten dann auf die vier Raumgleiter verteilt werden. Vorgesehen war das immer auf zwei Raumfahrzeugen die identische Ladung mitgeführt wurde, um bei allfälligen negativen Ereignissen eine doppelte Sicherheit, eine Art

Backup zu erstellen. Zuerst mussten sie anschliessend noch die für den Flug notwendige Nahrung für alle Passagiere errechnen und zusammenstellen. Zum Schluss kam dann der schwierigste Job. Alle in Frage kommenden «Kandidat(en)/innen» mussten nach dem ausgiebigen Test, welche noch ein paar Monate andauerten, ausgewählt und in einer Vorschulung ausgebildet werden. Denn es war keine Zuckerschlecken auf so kleinen Räumen vierzehn Monate zusammengepfercht zu leben. Eden hoffte mit Elenora die Prozedur vor allem psychisch gut überstehen zu können.

Die Schule wurde beinahe wie gewohnt fortgesetzt, geändert hatte sich vor allem das viele Schüler am Wochenende nicht mehr nach Hause gingen. Es entstand für manche ein Vollinternats-Betrieb, die für etliche zu einem ungewohnten neuen Leben führte. Nicht jeder und jede konnte damit gleich gut umgehen. Darum mussten auch mehrere Stellen für die psychologische Betreuung der Schüler, geschaffen werden. Jeder Schüler und Schülerin, konnte sich bei Bedarf jederzeit Anmelden. Zudem war das Lehrpersonal angewiesen Auffälligkeiten bei Schülern zu beobachten, und Verdachtsmomente sofort weiterzuleiten. Man wollte möglichst menschliche Desaster vermeiden, welche wohl kaum vollständig auszuschalten waren. Zusätzlich kamen jeweils einen halben Tag in der Woche die medizinischen Tests. Welche an allen zweitausend Schülern mit Blut und Gentest und dadurch möglichen Erbkrankheiten in Betracht gezogen wurden. Von diesen Schülern waren aber nur gerade zehn Prozent für das erste Projekt «Sphinx» geplant, also nur rund zweihundert. Jana, Jarusa und Juniana waren in ihrem Jahrgang die ersten welche den Test machen mussten. Dieser dauerte rund zwei Monate und ihre Daten wurden in eine Datenbank eingespeist, in welcher alle in Frage kommenden «Sphinx»-Probanden ein ausführliches Dossier erhielten. Ebenfalls frühzeitig wurde auch Linus mitgetestet, denn er war der einzige «ehemalige» Kombi, der auch die psychischen Probleme der A1 Menschen mit sich führte. Die übrigen vorgesehenen Kombis hatten im Normalfall die Psyche mit ihrer Programmierung ausgeschaltet und waren die sicherste Variante für gefährliche Aktionen im All.

Das Labor für diese Analysen wurde zentral in der ehemaligen UNI von Eden in Istanbul installiert. Hier hatte sich ein Team von etlichen Spezialisten unter der Führung der bereits bekannten Herren Ziesenhenne und Gudmundson zusammengefunden. Diese sollten von noch allen intak-

ten Schulen den entsprechenden Anteil geeignete Personen beiderlei Geschlechts deklarieren und die Vorschläge beziehungsweise Ergebnisse ins Büro nach Guyana weiterleiten. Es mussten auch Listen für Ersatzpersonen erstellt werden, welche bei gesundheitlichen Problemen und Notfällen nachrücken mussten. Es durften keine Fehler gemacht werden, da bei dieser an sich kleinen Anzahlen, jeder Irrtum fatale Folgen haben könnte.

Die Schule im Maggia Tal hatte den grossen Vorteil, dass diese noch am nächsten an die früheren menschlichen Lebensbedingungen herankamen. Sie konnten gegenüber anderen Schulen das Bubble immer noch ohne Schutzanzüge für längere Zeit verlassen, ohne gesundheitlich Schäden befürchten zu müssen. Darum war auch vorgesehen den Hauptanteil der jugendlichen aus dieser Schule zu rekrutieren. Dies war in den meisten Teilen der Erde kaum noch möglich, wenn überhaupt, konnte man nur mit strahlenabweisenden klimatisierten Schutzanzügen die sicheren Orte noch verlassen. Die wenigen Gebiete welche noch längere Zeit ohne schützende Anzüge betreten werden konnten, waren auch die die favorisierten Zonen von wo entsprechenden Mitreisenden rekrutiert wurden. Umso normaler die Bedingungen waren, desto ausgeglichener das Individuum, ein entscheidender Faktor für «Sphinx», den je unbelasteter und widerstandsfähiger je besser.

Linus ex 4711 wurde zu einem absoluten Spezialfall, er war der einzig lebende Kombi mit Gefühlen der «normalen» Menschen. Er musste darum im HelpCenter seine Programmierung anpassen, denn das er noch lebte hatte er einzig und allein Jana zu verdanken. Andere sind bereits in solchen Fällen durch eine Giftspritze «entsorgt» worden.

Es war unmöglich in seinem Alter seinen Implantat-Chip zu entfernen, darum entschlossen sich die Techniker die Sende- und Kontrollboards stillzulegen. Dies bedeutete Linus wurde nicht mehr kontrolliert, war aber in der Lage seinen Chip bei Bedarf selbst nutzen zu können. Damit besass er so etwas wie ein zweites Gedächtnis und war darum praktisch jedem Lebewesen was Strategieintelligenz anbelangte weit überlegen. Darum war es auch kaum möglich, dass ihn ein einzelnes menschliches Wesen beim Schachspielen noch schlagen könnte. Es waren Eigenschaften, welche ihm und vielen anderen noch sehr von Nutzen sein sollten. Er begab sich zufrieden zurück in die Schule, um das neuste Jana berichten zu können.

An der UNI in Istanbul herrschte Ruhe vor dem Sturm. Ziesenhenne und Gudmundson bereiteten ihr etwa zwanzigköpfiges Team auf diesen Orkan vor. Die Ergebnisse mehrerer tausend möglichen Teilnehmern an dieser Mission wurden in etwa einer Woche in schneller Abfolge erwartet. Ziel war eine erste Auslese genetischer möglichst intakter Proben von bereits belasteten Gendefekten zu trennen, um so eine Vorauswahl zu erstellen. Dieses Szenario war so schauerlich, dass selbst Frankenstein Filme zu «Gute Nacht Geschichten» für Kindertagesstätten verkamen und nur zwanzig Jahre in der früheren Menschheitsgeschichte für völlig unmöglich erklärt worden wäre. Nun war dies zur Tatsache geworden, das Einzige was überhaupt noch zählte war ein Überleben oder das gesamte Aussterben der Spezies «Homo Sapiens». Neben diesen ging es natürlich auch um den Planeten Erde, um vielleicht das eine oder andere noch erhalten zu können. Ohne nichts wie essbare Nahrung, war auch die ganze Rettungsaktion völlig unsinnig und schon zu Beginn zum Scheitern verurteilt.

Kapitel 12

Wir schreiben das Jahr 2067 in rund eineinhalb Jahren war der Start der Mission «Sphinx» geplant. Die Arbeiten an den vier Raumgleitern hatten schon erstaunliche Fortschritte gemacht. Hauptsächlich wurden jetzt die Prioritäten noch auf den Innenausbau und die gesamte Technikinstallationen gelegt. Dazu war man am Fertigstellen der vier Trägerraketen, welche die Gleiter von der Erde in den Orbit und die richtige Reiseroute brachten, bevor sie sich dann von den Raumfahrzeugen lösten. Zur Sicherheit wurde auch noch eine fünfte produziert, um im Notfall die Mission nicht zu gefährden. Begleitend wurde bereits ein genauer Beladungsplan erstellt. Tiere und Pflanzen aller Art mussten an einem sicheren Ort zwischengelagert werden, um intakt und gesund für den Abflug bereit zu sein. Dies galt auch für die übrigen Passagiere. Man erbaute etwa zehn Kilometer von der Weltraumstation eine kleine Stadt mit klimatisierten Aufenthaltshallen welche unter anderem Wohnungen, Kühlhäuser, Lagerräume und Ställe für die Kleintiere enthielten. Es war vorgesehen, dass vierzehn Tage vor dem Start dieses «Depot» vollständig bestückt war und unter ständiger medizinischer Kontrolle beaufsichtigt wurde. Um bei Krankheiten oder sonstigen unvorhergesehenen Ausfällen gewappnet zu sein, wurde auch immer eine Anzahl Ersatzpersonen und Ersatzmaterial bereitgehalten. Eine genau geplante Logistik war ebenso wichtig, denn dieses Zwischenlager musste innerhalb von drei Stunden bis zum eigentlichen Start geräumt und alles unter die vier Gleiter verteilt sein. Es war so etwas wie eine Wundertüte, da man bisher gar keine Erfahrung für eine solche «Grossveranstaltung» ins All hatte. Trotzdem musste einfach alles funktionieren, denn eine zweite Chance konnte man erst in etwa drei Jahren wieder ermöglichen. Was bis dann mit der Erde noch alles geschehen würde wagte niemand genau vorauszusagen.

Auf dem Vulkan bei Vater Georges machten sich immer mehr Sorgen breit. Sein Gesundheitszustand wollte sich nicht verbessern, im Gegenteil er hatte das Gefühl sein Zustand verschlechtere sich zusehends. Dies mag auch mit den bestehenden Umständen zu tun haben, musste er nach der Schliessung der Fischfabrikation auch noch einen Teil der Kuh Zucht dichtmachen, da hier eine Blauzungenkrankheit aufgetreten war. Die befallenen Tiere mussten alle getötet und verbrannt werden. Früher hatte man das Fleisch noch essen können, inzwischen hatte sich der Virus derart mutiert, dass dies nicht mehr möglich war. Zuviel an Medikamenten und chemischen Giften waren in der Flora und Fauna durch den Menschen in die Umwelt gelangt, so dass fast alles resistent gegen diese Mittel waren und hilflos zusehen musste wie sich die Zerstörungen überall ausbreiteten. Georges musste nun alles unternehmen, dass diese Viren nicht auch noch die anderen drei Bubbleställe erreichten. Es wäre sonst das komplette aus der sehr wichtigen Fabrik. Die grosse Belastung und das Fehlen seiner Frau Margret und seinen drei Kindern, wurde für ihn zu einem harten Schicksalsschlag. Die noch anwesende Therapeutin bat ihn, sich in der Hospital Abteilung der Schule im Maggia Tal untersuchen zu lassen, denn sie befürchtete das sein Gesundheitszustand noch andere Gründe als die Rückenschmerzen in sich trugen. Georges war zuerst strikt dagegen, da er den Vulkan nicht verlassen konnte und wollte, da nur noch die Kombis hier waren. Diese mussten für die meisten Arbeiten nicht mehr beaufsichtigt werden. Da sie für diese speziell programmiert waren. Aber für alle selbstständigen Entscheidungen und Beurteilungen konnten sie nicht eingesetzt werden. So wandte er sich an seinen Sohn Eden, welcher ihm darauf riet unbedingt die Untersuchung zu machen. Eden versprach ihm auch das er für die Dauer seiner Abwesenheit, für einen erfahrenen Ersatzmann in der UNI Istanbul besorgt zu sein, der sich in der Agrarwirtschaft auskannte. Zwei Tage später meldete er sich wieder und konnte ihm mit einem ehemaligen Kommilitonen aus seiner UNI eine Alternative anbieten Er hiess Fred, war gleich alt wie Eden, ausgebildeter Agraringenieur und war beim Bau einiger ähnlicher Anlagen wie im Vulkan beteiligt. Also beste Voraussetzungen für die Leitung dieser Fabrik. Daraufhin zog Georges seine Bedenken zurück und bereitete sich in einer Woche für die Untersuchung vor, den zuerst musste er Fred noch mit den wichtigsten Informationen versorgen. Was ihn aber am meisten «beflügelte» war die Aussicht seine Tochter Jana, und voraussichtlich auch seine Frau Margret und die kleine Tochter Sara wieder persönlich sehen zu können.

Die Woche ging schnell dahin und Georges stand mit seinen nötigsten Utensilien an der HyperVakuum Station im Vulkan und verabschiedete sich von Fred. Dieser versprach alles Nötige zu tun, um den «Laden» bis zu seiner Rückkehr in Ordnung zu halten. Georges kam nach kurzer Zeit in der Station 19 der Schule an, wo ihn Linus aus der Röhre holte. Dahinter stand Jana und begrüsste ihren Vater überschwänglich und stellte ihm

darauf ihren Freund Linus vor. Sie begleiteten ihn anschliessend sofort ins Schulklinikum wo am morgigen Tag die Untersuchungen beginnen soll-ten. Mutter Margret und Sara freuten sich in Zug, schon bald ihren Vater wieder einmal sehen zu können, mussten sich aber noch gedulden, da die Untersuchungen Vorrang hatten. Darum war ihr Besuch durch den Gotthard erst in drei Tagen vorgesehen. Sara ging es sehr gut und sie war schon ein gutes Stück gewachsen zudem hatte sie ein paar Spielkameraden gefunden. Meist waren diese etwas älter als sie, da sie die gleichaltrigen alle als ausgesprochen «doof» empfand.

Die Untersuchungen begannen mit diversen Körperscanns um die Ursachen der ständig auftretenden Schmerzen ausfindig machen zu können. Schon bald stellte sich heraus, dass ein Tumor an seinem Leidensweg schuld war. Die Laboruntersuchungen zeigten, dass es offenbar zum Glück kein bösartiger war. Aber die Ärzte rieten zu schnellem Handeln und diesen schnellstmöglich operativ zu entfernen, um nicht noch grössere Schäden an den Rückenwirbeln entstehen zu lassen. Es kam schneller als erwartet zum Wiedersehen mit seiner Frau und Tochter Sara, konnten sie Georges noch vor der Operation einmal kurz sehen. Die viel zu kurze Besuchszeit in seinem Krankenzimmer, wurde aber durch das Zusammensein der fast ganzen Familie mehr als Entschädigt. Es wurde auch noch Eden per Video zugeschaltet, der ihnen bei dieser Gelegenheit auch noch «seine» Elenora vorstellen konnte. Die Zeit zerrann wie im Flug und so verabschiedeten sich alle, und hofften, dass die auf Morgen geplante Operation erfolgreich verlaufen würde.

Die geplanten Gentests in Istanbul kamen nur sehr schleppend voran, was Ziesenhenne veranlasste die ganze Planung nochmals genaustens zu überprüfen. Offenbar waren bei einigen Diagnoseeinheiten unverständliche Fehler und völlig widersprüchliche Daten ausgegeben worden, welche einen vorläufigen Stopp der Tests bewirkte. Man musste zuerst den Ursachen dieser Phänomene nachgehen, bevor man die Diagnosen fortsetzen konnte. Assistent Gudmundson hatte nach stundenlangen Sitzungen mit den Technikern erste mögliche Tendenzen feststellen können. In den frühen Morgenstunden schienen die Werte meist noch «normal» zu sein, je länger der Tag dauerte desto mehr Fehler und zuletzt auch Abstürze des Systems, störten die gesamte Arbeit. Die daraufhin zusätzlich zugezogenen Spezialisten der Herstellerfirmen waren sich schnell einig. Die Geräte waren für diese extreme Dauerbelastung nicht ausgelegt und überhitzen dadurch, was zu gravierenden Störungen führte. Ziesenhenne veranlasste sofort eine Sitzung, in welcher Massnahmen erarbeitet werden sollten, um diese Probleme auf schnellstem Wege lösen zu können. Die daraus gezogenen Erkenntnisse zeigten, dass unbedingt neben den bereits bestehenden Klimaanlagen, für die Kühlung der einzelnen Systemeinheiten zusätzlich Massnahmen getroffen werden mussten. Die Expertengruppe ging von einem Zeitfenster von zwei bis drei Wochen aus, um diese zusätzlichen Kühlungen installieren zu können. Bis dahin waren nur in den Morgenstunden für etwa zwei Stunden Diagnosen möglich. Dies warf den ganzen vorgegebenen Zeitplan komplett über den Haufen so dass die gesamte Terminplanung neu überdacht werden musste. Dies führte bei der zentralen Projekt-Organisation von «Sphinx» alles andere als zu Begeisterungsstürmen, denn jede Verzögerung von Terminen war ein ständiger Gefahrenherd für die gesamte Mission.

Georges erwachte mit einem pelzigen Gefühl im Mund und wusste im ersten Moment überhaupt nicht, wo er war. Dann kamen ihm langsam bruchstückweise die Erinnerungen zurück, worauf ein Gesicht in seinem Blickfeld erschien und ihn fragte; «Verstehen sie mich? Wie fühlen sie sich?». Er nickte und versuchte zu antworten, was zur Folge hatte, dass nur ein paar krächzende Laute aus seinem Mund zu hören waren. Darauf sagte die Pflegerin; «Sie haben die Operation gut überstanden, ich werde ihnen jetzt etwas zu trinken geben, wenn sie mögen. Sie müssen nur mit dem Kopf nicken, versuchen sie möglichst wenig zu tun, sie sind noch sehr schwach». Georges nickte darauf und die Flüssigkeit war eine wahre Wohltat für seinen schalen Geschmackssinn. Zwei Tag später fühlte er sich schon um einiges besser. Seine Frau Margret, die mit Sara in der Zwischenzeit in der Schule einquartiert wurden, kamen mit Jana auf Besuch. Alle schienen ab der gelungenen Operation sehr glücklich zu sein. Nur Vater Georges war bereits wieder bei «seinen» Kühen. Kaum war die Besuchszeit zu Ende und er wieder allein im Zimmer war, meldete er sich bei der zuständigen Schwester, die ihm eine Verbindung zu Fred im Vulkan herstellen sollte.

Die Krankenschwester erlaubte nach Rücksprache mit dem Arzt, für ein paar Minuten dieses Gespräch zu führen. Als er Fred im Video sah, krächzte er immer noch mit einer etwas beschlagenen Stimme; «Hallo Fred, wie geht es dir und ist alles in Ordnung?» er meinte; «Ja hier ist alles bestens, keine negativen Vorkommnisse, du brauchst dir keine Sorgen zu machen». Worauf Georges ihm mitteilte, dass er noch etwa vier Wochen hier in der Klinik REHA machen müsste, um dann möglichst schnell wieder zurück zu kommen. Fred meinte er solle sich nur Zeit lassen, er habe sich in der UNI für etwa sechs Wochen dispensieren lassen. Sollten noch Komplikationen auftreten, könnte er seinen Aufenthalt auch noch verlängern. Georges gab sich sehr zufrieden und konnte sich im Kreise seiner fast ganzen Familie ausschliesslich seiner Genesung «widmen».

Kapitel 13

Aus den geplanten vier Wochen waren dann doch deren sechs geworden, die Georges mit grosser Ungeduld über sich ergehen liess. So konnte er endlich wieder an sein Lebenswerk in den Vulkan zurückkehren. Er war Fred ausserordentlich dankbar, dass er seine Aufgabe so gut erfüllt hatte. Als seine Kapsel in der Hyper Station ankam und er von Fred begrüsst wurde fiel ein riesiger Stein von seinem Herzen. Fred hatte Neuigkeiten, die UNI Leitung in Istanbul wäre bereit ihn für ein Forschungsprojekt in der Caldera zeitweise abzustellen. So könnte er Georges gleichzeitig etwas entlasten und hätte auch den Vorteil, dass er zwischendurch jeweils ein paar Tage mit seiner Familie in Zug verbringen könnte. Georges überlegte sich das Ganze und stimmte diesem Ansinnen schliesslich zu, den er wurde auch nicht mehr jünger. Zudem hatte er gesehen wie schnell ein gesundheitliches Problem zu einem Desaster führen konnte, und war froh eine zweite Fachkraft mit an Bord zu haben. Zu seiner grossen Zufriedenheit trug auch die Tatsache bei, dass sich die Seuche bis jetzt nicht weiterverbreitet hatte. Fred meinte man sollte ein besonderes Augenmerk auf das angelieferte Tierfutter werfen, denn er denke, dass diese Krankheiten und Viren von dort stammen könnten. Er hatte in der Zwischenzeit einige Mess- und Diagnosegeräte in die Caldera bringen lassen, um die Kontrolle der Anlieferungen bestmöglich überprüfen zu können. Er zeigte diese Georges und hatte bereits veranlasst das die zuständigen Kombis auf diese Geräte programmiert wurden. Georges gratulierte Fred zu dieser weisen Entscheidung und hatte dabei irgendwie den Eindruck, so etwas wie einen zweiten Sohn bekommen zu haben.

Durch die diversen Verzögerungen bei den Tests und zusätzlich auftretenden Lieferengpässen war die Planung fast zu einer Lotterie geworden. Simon Parker berief aufgrund dieser Situation alle zuständigen Verantwortlichen zu einer Sitzung in die Büros der Weltraumstation in Guyana. Er sagte einleitend; «Wir sind in der nicht einfachen Lage, etwas zu bewerkstelligen, dass bis dahin noch niemand je gemacht hat. Aufgrund der aktuellen Situationen bleibt uns nichts anderes übrig, als diese mit einer flexiblen Planung zu entschärfen». Die anwesenden Bereichsleiter sahen ihn fragend an und wollten bereits Fragen stellen, aber Parker hob beide Hände und bat um Ruhe, ehe er fortfuhr; «Ich habe daher beschlossen den Starttermin in flexibel Termine zu verändern. Das heisst für euch, die Arbeiten bleiben identisch, aber wir haben jetzt den ursprünglichen Termin und zwei weitere Termine immer jeweils auf den Tag genau 3 Monate später. Sollte man feststellen das der erste Termin unmöglich erscheint, muss dieser «Countdown» 30 Tage vorher gestoppt und alles auf den nächsten möglichen Termin fokussiert werden. So haben wir im Moment drei mögliche Varianten, welche in sich aber immer gleich ablaufen sollten. Ich möchte übermorgen zur gleichen Zeit einen Bericht von allen Leitern welche Massnahmen für sie zu treffen wären, und wie diese umgesetzt werden können. Diskussionen sind derzeit nicht sinnvoll, ich möchte alle bitten die ganze Sachlage seriös zu überdenken und erwarte eure Berichte». Ohne irgendwelche weitern Umschweife verliess Parker mit seinen Assistenten den Raum. Bei einigen der zurück gebliebenen war eine Mischung aus Frustration und Verwirrung zu erkennen, wieder andere zeigten entschlossene Gesichter und wollten, den Zweifels ohne grossen Mehraufwand mit Elan angehen.

Bei Arawad Shing auf Teneriffa lief die Programmierung der vorgesehenen Kombis wie am «Schnürchen» ab. Es waren je zehn Kombis pro Raumgleiter vorgesehen, welche die genauen technischen Eigenheiten der Allfahrzeuge bis ins kleinste Detail kennen mussten und auch kleinere

Reparaturen durchführen konnten. Ausserdem waren sie für die Verpflegung der mitreisenden Passagiere an Bord verantwortlich. Aber wie es immer so kommt in dieser verrückt gewordenen Welt blieb diese Idylle nicht lange erhalten. Die Kombis, die für diese Mission vorgesehen waren, welche im ehemaligen Heidelberg eine grosse noch intakte Schule in einem Bubble betreuten, wurden nach orkanartigen Stürmen und Hochwasser bis zu 15 Meter über Normal fast vollständig zerstört. Die Verbindungen waren abgebrochen und die genaue Situation war nicht mehr überschaubar. So fehlten Shing mit den Reserveleuten sieben Kombis aus dieser Region. Also mussten entsprechend neue dazu geeignete gesucht werden. Die ganzen Programmierungs- und -Trainingsabläufe mussten mit diesen wieder ganz von vorne in Angriff genommen werden. Man wurde schnell fündig da die Kombis in der Schule im Maggia Tal sich aussergewöhnlich guten Lebensumständen erfreuen konnten. Überall konnte man sich aber nicht einfach bedienen, den die bestehenden noch intakten Infrastrukturen mussten unbedingt auch nach dem Start der vorgesehenen Mission weiter funktionieren. Dies war von äusserster Wichtigkeit, denn es durfte das wenige Funktionierende nicht dem Risiko ausgesetzt werden, eine weitere Mission bereits im Voraus zu verunmöglichen. Dadurch ergab es sich, dass sieben Kombis unter anderem auch die ehemaligen drei WG-Mitbewohner von Linus 4712 bis 4714 unter den Auserwählten waren.

Von alle dem bekam Jana und Linus nichts mit. Dafür war ihr Unterricht jeweils mittwochs, völlig auf den Kopf gestellt worden. Linus nahm auch an diesen Übungen beziehungsweise Lehrgängen teil, welche den gezielten Tagesablauf in einem Raumgleiter simulieren sollten. Dazu gab es wie in Computerspielen Animationen, welche fast detailgetreu die Situationen in diesen Grosstransporten vermittelten. Ob das Ganze dann auch so Ablaufen würde sei dahingestellt. Es musste einfach alles unternommen werden, wenn auch nur theoretisch um die Passagiere der Mission so gut es ging vorbereitet ins All schicken zu können. Man wollte unbedingt Panikattacken und ähnliche sonstige psychisch bedingte Situationen vermeiden, ohne betroffene mit massiven chemischen Mitteln ruhigzustellen zu müssen. Dies würde sich aber in einigen Fällen sowieso nicht vermeiden lassen. Diesen Übungen war ein körperlicher Eignungstest vorangegangen, in welchem bestimmte Kriterien für ein erfolgreiches und widerstandfähiges Leben auf dem Mars Voraussetzung war. Da war auch ein gesundes Erbgut und bei Frauen gute Fruchtbarkeitsprognosen wichtige Punkte bei der Auswahl. Durch diesen Test wurde zum Leidwesen von Jana auch ermittelt, dass eine ihrer Freundinnen Juniana die entsprechenden körperlichen Bedingungen nicht erfüllen konnte. Sie war offenbar unfruchtbar, was in einer solchen Mission ein Absolutes «no go» bedeutete. Da der ganze Aufwand für diese Tests und Übungen sehr gross angelegt waren, war es kaum erstaunlich, dass die eigentlich geheime Mission mit vielen Spekulationen und heimlichen Theorien in ein spezielles Licht rückte. Es wurde viel hinter vorgehaltener Hand vermutet und «getuschelt», aber so wirklich was sich abspielte wussten nur wenige genau.

Eden und seine Arbeitsgruppe versuchten alles um die Motivation hoch zu halten. Die diversen Verzögerungen bewirkten schnell sehr viele Überstunden, waren aber nicht zu vermeiden. Trotz einigen Stimmungstiefs bauten sich alle im Team gegenseitig auf und beschlossen zur Auflockerung, wöchentlich zwei Spiel- und Gesellschaftsabende durchzuführen. Jeder in der Crew war, verpflichteten sich abwechselnd einen Abend mit seinen Ideen zu organisieren. Für die erste Woche war ein Sambaabend und ein Mannschaftskochen geplant. Es wurde auch vorgeschlagen Teams mit völlig anderen Aufgaben wechselseitig einzuladen, was sicher einiges an guter Laune in die Weltraumbasis brachte. Die Zeit verging sehr schnell und niemand schien richtig zu bemerken, dass seit der neuen Terminstrategie auch bereits wieder ein halbes Jahr vergangen war.

Fred und Georges hatten sich in der Zwischenzeit alle zwei Wochen im Krater abgewechselt und es schien alles in bester Ordnung. Georges hatte hin und wieder das Gefühl eines Schmerzes im Rücken, war aber sonst sehr guter Dinge konnte er doch viel mit seinen Liebsten Zusammensein. Wärend dem Fred seit anfangs Woche wieder hier war, entwickelte sich die Kuh Zucht sehr positiv darum waren auch seine Forschungsberichte sehr verheissungsvoll. Bis eines Nachts völlig überraschend von einem dumpfen grollen begleitete sehr heftige Erschütterungen zu spüren waren, welche Fred aus dem Schlaf riss. Er stürzte aus seinem Zimmer in die zentrale Leitstelle und sah zu seinem Entsetzen, dass der See der ehemalige Fischanlage zu kochen schien. Die Messgeräte meldeten eine hohe Methangas Belastung und es bestand Explosionsgefahr in diesen geschlossenen Hallen. Er musste daraufhin das oberste Schiebedach des Bubbles sofort öffnen und alle Zugänge zum ehemaligen See hermetisch abriegeln. So konnten die Gase entweichen und vorerst keine weiteren Schäden anrichten. Er meldete sich sofort bei Georges, der auf dem Bildschirm eine sehr besorgte Miene machte. Er wollte so schnell wie möglich im Vulkan sein. Kaum war die Verbindung unterbrochen leuchteten die Alarmlichter in der Kälberzucht und meldeten ebenfalls eindringendes Methan. Etwa eine halbe Stunde später, sah er auf den Monitoren, wie bereits einige Kälber zu Boden sanken. Die Kombis, welche draussen bis dahin ohne Schutz leben konnten, beorderte er unverzüglich in den klimatisierten «Hauptbubble» um kein Risiko einzugehen. Gemeinsam riegelten sie zusätzlich die beiden noch intakten Zuchtstationen ab, um diese vielleicht noch retten zu können. Auf den Kontrollmonitoren zeichnete sich ein Horror Bild ab, von den rund 800 Kälbern lagen alle schon am Boden und waren wahrscheinlich bereits tot. Kurz darauf traf auch Georges ein und sein entsetztes Gesicht sprach Bände, aber er musste ebenso hilflos zusehen, wie ein weiterer Teil seiner geliebten Fabrik sich in nichts auflöste. Das Ziel war jetzt mit aller Kraft, die restlichen Anlagen zu Schützen und eine mögliche Evakuierung der Tiere ins Auge zu fassen. Dies war nur mit den Grosshubschraubern realisierbar, welche auch die HyperVakuum Rohre verlegten. Die Meldung ging unverzüglich ans

Hauptbüro von Simon Parker. Dieser war alles andere als «amuset» als er von diesem Drama hörte, versprach aber Hilfe zu Organisieren. Sie arbeiteten die ganze Nacht durch, um die Vorbereitungen für die Transporte voranzutreiben. Die Planung in Istanbul wurden McMurphy und Hoarau übergeben. McMurphy bekam mit seinem Bluthochdruck bereits wieder einen Kopf wie eine Glühbirne, als er das Ausmass des ganzen sah. Zuerst musste man eruieren wo diese beiden Herden überhaupt gebracht werden können. Zum Glück war in Europa Sommer, so dass prophylaktisch nur ein Transport in Hochalpengebiete in Frage kam, welche grösstenteils noch gute Lebensbedingungen aufweisen konnten. Es war aber ein Riesenaufwand die etwa 1200 Tiere über eine Distanz von rund 900 Kilometern zu Transportieren. Dies würden bei vier Helikoptern je 30 Flüge bedeuten, welche in gut einer Woche abgeschlossen sein sollten. Die Wahl fiel auf das italienische Südtirol wo genug Platz und Nahrung zur Verfügung stand. Für den kommenden Winter musste dann eine neue Lösung gefunden werden. Georges war glücklich und unglücklich zugleich da wenigstens ein Teil der Zucht das Desaster überlebte. Seine Fabrik war kurz vor der endgültigen Zerstörung, den Fachleute prognostizierten weitere Beben und wohl auch das endgültige aus

der Anlage. Dank der guten Organisation von McMurphy/Hoarau verlief die ganze Verschiebung unglaublich speditiv und innerhalb von nur sechs Arbeitstagen waren die Tiere in der Alpenwelt angelangt. Hier war natürlich alles anders, die Kühe wurden nicht mehr gezielt gefüttert und frassen was ihnen vor ihr Maul kam. Da niemand mehr des Melkens mächtig war, wurde auch eine Melkanlage in der geleichzeitig vier Kühe gemolken werden konnten installiert. Die verbliebenen Kombis hatten alle Hände voll zu tun, die Kühe den ganzen Tag zur Anlage zu treiben und die Herde einigermassen zusammenzuhalten. Fred ging wieder zur UNI zurück, und Georges nach Zug zu seiner Familie. Er war aber auch glücklich so oft er konnte im Südtirol bei seinen Kühen für Ordnung zu sorgen.

Kapitel 14

Seit die Mission Mars im Jahre 2060 geplant worden war, wurden zwei Jahre später jährlich mindestens drei Materialtransporte für die Marsstation ins All geschickt. Diese starteten alle aus dem Weltraumbahnhof Baikonur südlich von Kasachstan. Ursprünglich waren wechselseitige Starts auch von Cape Canaveral in Florida geplant. Diese Station war in den vergangenen Jahren durch zwei Tsunamis dem Erdboden gleich gemacht worden, bei denen tausende Menschen ums Leben kamen. Selbst wenn die Möglichkeit bestanden hätte, dass die Station wieder aufzubauen, die dazu gebrauchten Spezialisten waren gar nicht mehr vorhanden. So war die einzige alternative das Kosmodrom Baikonur, den die vier noch in China bestehenden Kosmodrome, vor allem diese auf der Insel Hainan waren nach dem Zusammenbruch des chinesischen Reiches nicht mehr sicher. Die in China noch einzige kontrollierte Zone lag um die Grosstadt Shanghai, wo auch die wiederaufgebaute HyperVakuum Fabrik ihren Sitz hatte. Das übrige ehemalige China war von plündernden Horden, die das ganze Riesenreich unsicher machten zu einem Schlachtfeld gemacht geworden, es blieb kaum ein Stein auf dem anderen und Bandenkriege selbsternannter Fürsten Alltag. Der Vorteil einer Abschussstation in Äquator Nähe war, das schnelle erreichen der Umlaufbahnen der gestarteten Geschosse. Darum waren bisher fast alle rund um den Globus in diesen Bereichen aufgebaut worden.

Die in Baikonur gestarteten Allfahrzeuge mussten regelmässig das nötige Material zur Herstellung einer Marsbasis befördern. Dies war so geplant, dass die einzelnen Teile wie eine Art Fertighäuser gebaut und danach von der Erde aus gesteuert zusammengesetzt werden konnten. So war gewährleistete, dass der erste «Schub» der etwas über tausend evakuierten Menschen bereits eine wohntaugliche Infrastruktur vorfanden. Geplant war die Fertigstellung auf Mitte bis Ende 2069, sollte alles wie vorgesehen ablaufen.

In Guyana mühte man sich derweil die Termine einhalten zu können, so unter allen Umständen mindestens den dritten und letzten. Es gab allen Anlass zum Optimismus, den die verschiedenen fast schon übermotivierten Teams waren auf gutem Wege mindestens den zweiten vorgegebenen Start «Countdown» einhalten zu können. Eine ungewohnte Hitzewelle war aber der Grund, nicht in eine «Euphorie Welle» auszubrechen. Die teilweise bis zu 48 Grad Tages-Temperaturen, zwang die Produktion fast vollständig in die Nacht zu verlegen, wo es trotzdem kaum unter 30 Grad abkühlte. Ein zusätzliches Hindernis, mit dem so niemand gerechnet hatte. Dies ging nun schon rund eine Woche so und war seit Beginn der Aufzeichnungen in ähnlicher Weise noch nie aufgetreten. Laut Wetterprognosen könnte dies aber ein schnelles Ende nehmen, leider nicht zum Positiven.

Es wurde befürchtet, dass die aus der Hitze entstehende Wetterlage umfangreiche Stürme nach sich ziehen könnte. Die Wetterfrösche beobachteten gespannt welche Richtungen die jeweiligen Stürme ihre Wege bahnten. Auch die metrologischen Voraussagen hatten sich nach dem Kollaps artigen Klimawandel fast zu einer Lotterie entwickelt. Kaum waren noch genauere Prognosen möglich, diese beschränkten sich meist auf Grossräume. Kleinere Regionen konnten von plötzlichen schweren Unwettern betroffen werden, während nur ein paar Kilometer entfernt kaum etwas davon zu spüren war.

Die Station in Guyana war bisher meist von solchen Ereignissen verschont geblieben. Aber es zeichnete sich aufgrund dieser sehr ungewöhnlichen Hitze ab, dass der Basis vermutlich eine Gefahrensituation drohen könnte. Darum ging man daran die Produktionshallen so sicher wie möglich vor Sturmschäden zu schützen und hoffte möglichst, dass die zu erwartenden starken Winde nicht gerade direkt über ihre Zone zogen.

In der UNI Istanbul konnten die Tests endlich weitergeführt werden. Die neuen Kühlsysteme funktionierten zur Genugtuung von Ziesenhenne offenbar ausgezeichnet. Zum schrecken aller beteiligten musste aber alles von Beginn weg nochmals durch die Diagnosegeräte. Laut den Statistiken die Hoarau geführt hatte, waren auch die vermeintlich richtigen Auswertungen voller Fehler. Dies führte dazu, dass man jede Diagnose zwei Tage später nochmals überprüfte, ob allenfalls Abweichungen des ersten Tests auftreten würden. Folge war natürlich die doppelte Arbeit und wieder der Faktor Zeit. Gott sei Dank hatte man frühzeitig reagiert und neu entsprechend flexibel, mit drei Terminstufen geplant. Wie die Crew von Ziesenhenne errechnet hatte, war der erste ursprünglich geplante sowieso kaum noch zu halten. So gingen sie in der UNI davon aus den zweiten angesetzten einhalten zu können.

An den verschiedenen Testplätzen kam es immer mehr zu Unruhen und Fragen zu den ungewohnten Massnahmen unter der Bevölkerung. Es war wie immer in der gesamten Menschheitsgeschichte, wenn etwas Unbekanntes geschah und keine klaren Verhältnisse geschaffen wurden, kam es zu Missmut und Protesten. Unsicherheit erwies sich immer als eines der schlimmsten seelischen Gifte. Dies wurde inzwischen auch in den involvierten Leitungsebenen erkannt. Um die befürchteten Störungen möglichst in harmlose Bahnen lenken zu können, musste etwas unternommen werden. So reiste Simon Parker wieder einmal nach Istanbul und stellte ein Informations-Forum zusammen, welches in entsprechender Öffentlichkeitsarbeit die wichtigsten Punkte möglicher Panikreaktionen etwas entschärfen sollten. Es war vorgesehen, dass in sämtlichen Testgebieten ein tägliches Video-Kommuniqué publiziert werden sollte, um Aufklärung leisten zu können und immer den neusten Stand der Situation zu erläutern. Da die Lage für jeden klar erkennbar in einem bedenklichen Zustand war musste dies mit einigem Optimismus geschehen. Die Hauptinformationen bestanden aber im Kern darin, dass ein Ziel für alle erarbeitet wird und möglichst niemand im Stich gelassen fühlte.

Das erste Kommuniqué an den Bildschirmen fand eine Woche später statt, dass die Sprecherin am Video wie folgt verkündete; «Die Welt ist, wie wir alle wissen, in einer sehr schwierigen Situation, um möglichst alles zu versuchen der restlichen Menschheit wieder eine Zukunft zu gewährleisten, wird in mehreren Ebenen geplant und verheissungsvolle Projekte hier auf der Erde aber vorerst auch auf dem Mars vorgesehen. Es könnten auch noch andere in Frage kommende Planeten ins Auge gefasst werden. Aber auch hier auf der Erde werden mehrgleisige Projekte initiiert. Diese umfassen in den noch verbliebenen lebenstauglichen Zonen, Aufbauprojekte in der Landwirtschaft sowie an sinnvollen Regionen «Renaturierung» zu betreiben. Man hoffe, dass sich die Natur an bestimmten Orten durch eine kaum noch stattfindende menschliche Industrie-Belastung langsam wieder selbst erholen könnte.» So die Sprecherin, welche nun täglich Statements zu aktueller Lage, über den Äther schicken sollte. Das entsprechend scharfe Auswahlverfahren für den Planetenwechsel wurde aber möglichst sanft oder gar nicht erwähnt.

Der angekündigte Sturm in Guyana verstärkte sich rasant und war vom brasilianischen Amazonasgebiet, wo er auf Land traf, langsam Richtung Surinam und Guyana unterwegs. Auch für Wetterexperten völlig ungewohnte Routen welche sich der Sturm aussuchte. Seither wütete er in den Urwäldern und zerstörte mit brachialer Gewalt alles was im in den Weg kam. An der Grenze von Guyana hatte der Orkan immer noch Windgeschwindigkeiten von bis zu 310 Km/h und brach eine fast 100 Kilometer breite Schneise der Verwüstung durch die Landschaft. Auf der Abschussbasis machte sich grosse Aufregung breit, denn der Sturm verlief genau auf ihren Standort zu. Jetzt galt es nur noch zu hoffen, dass dieser sich auf dem Festland noch um einiges abschwächte und möglicherweise noch etwas die Richtung änderte. So stieg die Spannung von Minute zu Minute und alle überprüften nochmals die bereits getätigten Sturmmassnahmen genaustens. Was noch verbessert werden konnte wurde eiligst erledigt, worauf es hiess, warten auf das was kommen sollte und hoffen das man von viel Glück begünstigt würde. Als sich die ersten stärkeren Winde aufbauten, sassen alle in der Leitzentrale vor den Bildschirmen, um zu sehen was sich draussen abspielte. Manch einer sass mit fahlem Gesicht auf seinem Stuhl und zitterte vor sich hin, wieder andere versuchten zu Beten um so dem schlimmsten entgehen zu können. Es wurde immer dunkler, obwohl es mitten am Tag war und der Wind nahm stetig zu. Der Verlauf des Sturmes hatte sich leicht verändert, und schien etwas oberhalb der Basis vorbeizuziehen, oder diese hoffentlich nur etwas zu streifen. Auch die Stärke

hatte etwas abgenommen und sich bei etwas über 220 Kilometern eingependelt. Aber dies war immer noch eine unglaubliche Wucht, welche ihnen da entgegenkam. Das Tosen und Brausen begleitet von knirschenden Geräuschen wurde immer lauter und manche hielten ihre Ohren zu, um die schauerlichen Töne nicht hören zu müssen. Viel versuchten ihre Angstgefühle auch zu bewältigen in dem sie sich unter einem Tisch oder sonstigen geeigneten Möbelstücken zu verstecken versuchten. Nach einem minutenlangen ohrenbetäubenden Lärm, kehrte plötzlich eine fast unheilvolle Stille ein. Die Basismitarbeiter standen langsam auf und rieben sich die Augen, und glücklich, dass alle noch am Leben waren. Bei der Kontrolle der Anlagen über die Bildschirme konnten zuerst nur wenige Schäden festgestellt werden. Ausser im Hangar des vierten Gleiters der ganz am Rande der Anlage stationiert war, waren die Monitore ausgefallen. Deswegen schickte man sofort mit Raupenfahrzeugen Kontrollpersonal hin, um sich ein Bild der dortigen Situation zu machen. Kurze zeit später kamen die ersten Bilder ins Kontrollzentrum, es waren doch einige Schäden auszumachen. Ein Teil des Daches schien beschädigt und wie ein Kontrollmitarbeiter meldete, waren etliche technische Installationen um die Halle umgerissen oder verschwunden. Dazu gehörten alle Überwachungskameras in diesem Bereich, welche für die Sicherheit massgeblich verantwortlich waren. Was sich nach genaueren Überprüfungen herausstellte, war der glückliche Umstand, dass in der Halle also auch am Raumgleiter auf den ersten Blick keine Schäden festgestellt werden konnten. Unter dem Motto «nochmals Schwein gehabt» nahm die Arbeit auf der Raumbasis wieder ihren gewohnten Tages-Rhythmus in Angriff.

Georges war fast gleichzeitig bei seinen geliebten Kühen im Südtirol. Die verkündeten Massnahmen auch auf der Erde an geeigneten Orten wieder Aufbauarbeit zu betreiben, gab ihm einen Motivationsschub, ein Stück seines Lebenswerkes doch noch weiterführen zu können. Er war mit seiner Frau Margret und Tochter Sara angereist und waren im Zentrum der Alp, wo auch zahlreiche Alphütten standen. In diesen wohnten die Kombis, welche hier ein neues Zuhause gefunden hatten und offenbar mit der neuen Situation glänzend umgehen konnten. In der Haupthütte, in welche auch eine Käserei eingebaut worden war, fand sich für die drei genug Platz, um kurzzeitig darin Wohnen zu können. Aber Vater Georges trieb noch etwas anderes um, er musste noch ein Winterquartier für seine Tiere finden. Er hatte für dieses Vorhaben genügend Geld zur Verfügung gestellt bekommen, es wurde jede nur mögliche natürliche Nahrungsmittelproduktion unterstützt, um die bestehenden Engpässe bald hoffentlich wieder zu beenden. Darum mussten sie auf dem Heimweg nach Zug vorerst noch über Meran zum Regionsleiter einem Herrn Pichler vorbei. Es waren da in der Nähe Freilaufställe für seine auf der Alp lebenden Kühe geplant. Die Zeit drängte den es war bereits anfangs August. Pläne dieser Ställe waren bereits vollständig vorhanden und Baugesuche für solch wichtige Anlagen zurzeit nicht erforderlich. Sie wurden von Herrn Pichler in Empfang genommen, der ihnen zwei mögliche Standorte zeigen konnte. Da alles sehr schnell vorangehen musste entschied sich Georges für den seiner Ansicht nach bessern Standort. Die Arbeiten konnten bereits in einer Woche beginnen, deren Ziel es war die Stallungen bis Mitte Oktober bezugsbereit fertiggestellt zu haben.

Kapitel 15

Durch den beinahe ganzen Zusammenbruch und Auflösung geordneter Staatssysteme, wurden die schon vorher von Justiz und Staat zu wenig geschützten Menschenrechte praktisch gänzlich «ad absurdum» geführt. So bestimmten jeweils etwa zwanzigköpfige Gremien, welche sich in allen noch kontrollierbaren Regionen befanden, welche Massnahmen im Idealfall noch zu treffen waren. Ob dies irgendwelchen früheren Gesetzen entsprach, war kein Kriterium, den es ging einzig und allein darum «Mensch JA oder NEIN».

Alternativen standen keine mehr im Raum, rebellische uneinsichtige Menschen (welche es schon immer gab) schlossen sich auch immer mehr den vielen noch im Untergrund lebenden, meist diffusen Gruppen an. Diese hofften bei diesen ihre Träume von Freiheit, Eigenständigkeit und Mitbestimmung erlangen zu können. Genau das Gegenteil war der Fall, selbsternannte Fürsten versklavten diese Menschen mit ihren skrupellosen Bandengenossen und trieben Spiele wie in der Urzeit des Menschen. Ohne Rücksicht wurde alles zum eigenen Wohl dieser kleinen Herrscher ausgenutzt, wer sich nicht fügte musste um sein

Leben bangen. Neben den noch kontrollierten etwa zwei Millionen menschlichen Wesen, vermutete man noch mal so viele die sich in diese diffuse Unterwelt begeben haben. Recht hatte nur wer sich durchsetzen konnte, was nicht einfach bedeutete, es galt das Gesetz der Tiere, welche auch zum Grossteil bereits ausgerottet war. Durch eine explosive Mischung von Neandertaler und technischem Genie entwickelten diese Gruppen ein unüberschaubares Gefahren potential. Dadurch wurden in den noch kontrollierten Gebieten immer mehr Sicherheitskräfte notwendig. Es wurden immer öfter gut ausgerüstete Truppen mit Waffen und einer dazugehörenden Ausbildung zusammengestellt, welche zum Schutz wichtiger Objekte herangezogen wurden. Aber auch UNIs, Schulen, Firmen von Bedeutung und Arbeitsteams mussten immer mehr unter Obhut genommen werden.

Irgendwelche Absprachen mit solchen Gruppen tätigen zu wollen, erwies sich als fast unmöglich, denn sie folgten ihren eigenen vermeintlichen Rechten und diese bestanden meist im Wort «Plündern». Da war die Erde wieder in die Zeiten der Barbaren zurückgeworfen worden und war wenig verheissungsvoll die Ideen mindestens eines Aufbaus der noch «besiedelbaren» Gebiete zu realisieren.

148

Die Sturmschäden wurden in Guyana genaustens überprüft. Vor allem die Halle 4 der Gleiter Produktion war etwas in Mitleidenschaft gezogen worden. Was aber erst beim genaueren hinschauen erkannt wurde, war die Tatsache, dass an diesem Raumfahrzeug doch etwelche Defekte an der Aussenhülle aufgetreten waren. Der sogenannte Schutzmantel durften keine noch so kleinen Lecks aufweisen, was zu einer tödlichen Hitzebildung im Innenraum führen könnte. Es war deshalb unentbehrlich, dass sich die Spezialisten auf diese neuen zeitraubenden Hindernisse einstellen mussten. Man ging aber davon aus, dass dies kaum zu Veränderungen der geplanten Abläufe führen würde. Gerade waren alle wieder in ihrem Arbeitsrhythmus, als die Alarmanlagen auf der Basis zu schrillen begann. Niemand wusste genau was eigentlich geschah, aber man konnte auf verschiedenen Bildschirmen wilde Typen mit abenteuerlichen Motorrädern bei den Lagerhallen beobachten, welche es augenscheinlich auf die darin befindlichen Nahrungsmittel abgesehen hatten. Es war eine der vielen Banden, die auch hier die Gegenden unsicher machten und alles zusammen stahlen, um ihren Lebensunterhalt zu bestreiten. Sofort wurden Sicherheitskräfte losgeschickt, worauf die Lage zu eskalieren schien. Es waren plötzlich Schüsse zu hören, die Situation wurde

völlig konfus, wusste man bei diesem überra-
schenden Überfall auch nicht um wie viele Geg-
ner es sich handelte. Einige der Chaoten waren
auch in die Bürogebäude eingedrungen und
suchten nach brauchbaren Dingen. Ihre aggressive Zerstörungswut hinterliess eine Welle der Verwüstung. Im Büro von Elenora erschienen zwei
grobschlächtige Kerle und griffen sie an, aber sie
wehrte sich nach Kräften. Darauf zückte einer der
Typen ein Messer und verletzte sie am rechten
Oberarm, der stark zu bluten begann. Vom Lärm

aufgeschreckt kam auch Eden ins Büro gestürzt, er hatte sich mit einer massiven Eisenstange aus der angrenzenden Garage der Raupenfahrzeuge bewaffnet. Als er die Blutüberströmte Elenora sah überkam ihn eine blinde Wut und er schlug auf die beiden Eindringlinge ein. Diese verliessen ob dieser Gewalt fluchtartig das Gebäude. Im ganzen Trakt herrschte ein heilloses Durcheinander. Kaum einer war noch in der Lage das ganze Geschehen einzuordnen. Plötzlich kehrte eine gespenstische Stille ein, es waren nur noch kurz aufheulende Motoren zu hören und der Spuk war vorüber, wie er gekommen war. Langsam erwachten die unter Schock stehenden Mitarbeiter des Weltraumbahnhofes wieder und versuchten eine erste Bilanz der Ereignisse zu ziehen. Diese sah düster aus, ein Sicherheitsbeamter war erschossen worden, einer schwer verletzt und zwei weitere mit mittelschweren Verletzungen im Spitalcenter. Bei Elenora stellte man eine schmerzhafte Stichwunde fest, die genäht werden musste, aber nach guter Pflege eine wohl unschöne Narbe hinterlassen würde. Dazu gab es bei verschiedenen Mitarbeitern einige, wie sich aber herausstellte, harmlose Blessuren. Vieles hätte aber noch schlimmer kommen können und man stellte fest, dass man auf solche rabiaten Angriffe zu wenig vorbereitet war. Deshalb wurden die Sicherheits-

kräfte verdoppelt und mit besseren Abwehr-
mitteln ausgerüstet. Für die ganzen Anlagen wurden neue Sicherheitszäune beantragt, welche in
den nächsten Wochen installiert werden sollten.
Niemand hatte mit derartig krassen Angriffen gerechnet. Zuerst ging es jetzt aber vor allem wieder
Ordnung ins angerichtete durcheinander zu bringen, den an ein Arbeiten wie es vorgesehen gewesen wäre, war überhaupt nicht zu denken. Kill
Spencer Bürochef bei Eden wollten in einer Woche die gesamte Schadens-Bilanz aufgelistet haben, um zerstörtes zu ersetzen und danach der
begonnenen Arbeit ohne weitere Verzögerungen
fortfahren zu können.

In Baikonur im kasachischen Niemandsland liefen dagegen die Transporte wie geplant. Da hier
gute 100 Kilometer wüstenähnliches Gelände
zwischen den Abschusszonen waren, konnte diese auch per Satellit gut überwacht werden. Die
Gefahr eines Überfalles wie in Guyana war hier
beinahe ausgeschlossen. Zusätzlich standen zudem auch noch einige Kampfhubschrauber und
Jets mit Luft-Boden-Raketen zur Verfügung und
ausserdem gut 200 Sicherheitsleute. Es waren seit
dem Start im Jahre 2063 in regelmässigen Abstän-
den von drei Monaten jeweils ein Materialtrans-
port Richtung dem roten Planeten gestartet. Es

kamen so die erstaunliche Zahl von gut zwei Dutzend Lieferungen zusammen. Es waren nur noch wenige vorgesehen und das nötige für die erste ausserirdische Kleinstadt war vor Ort. Der grössten Teil konnte von der Erde per Funksignale zusammengesetzt werden. Die meisten Module hatten Sender mit denen sich vieles auch automatisch fest in sich verankern konnte.

Die Anlagen waren in Zusammenarbeit mit den Fabriken, welche auch die HyperVakuum Rohre herstellten, entwickelt worden. Die überdimensionalen Hallen konnten sich wie Fächer entfalten und wurden durch die Sonneneinstrahlung mithilfe eines chemischen Vorganges hart wie Titan und konnten nur sehr schwer beschädigt werden. Ausserdem waren sie mit Verankerungen bestückt, welche sie mit einer Bohrstange rund zehn Meter in den Boden graben konnte und wie Kletten kaum noch zu bewegen waren. Dies war auch wichtig da bekannt war das auch auf dem Mars stürmische Winde ihr Unwesen trieben. Daraus war nach und nach eine kleine Stadt entstanden, welche für rund 2000 Personen berechnet war. Es gab überall Schleusen nach draussen, durch welche man mit einem Raumanzug den Marsboden betreten konnte. Dies war auch wichtig, um eventuelle Pannen von aussen reparieren zu können.

Neben jeder Schleuse hat es weitere Andockvorrichtungen, um weitere Module anschliessen zu
können. Denn man rechnete, dass drei Jahre später in einem weiteren «Schub», nochmal das doppelte an Erdenbewohnern hier leben würden.
Auch für die ankommenden vier Gleiter waren
entsprechende Andockvorrichtungen vorhanden,
welche die Entladung und Bewirtschaftung er-
möglichten. Denn auch diese Raumfahrzeuge waren für weitere Zwecke nutzbar gemacht worden.
Diese ergaben nach wenigen Umbauarbeiten
Wohnraum, Büros, Lager, Labore und vieles weiteres mehr.

Auf dem Mars war noch nichts vorhanden aus
dem man brauchbare Dinge für den täglichen Bedarf des Menschen herstellen konnte. Darum
musste man zu jedem auch noch so unscheinba-
ren Mitbringsel aus der Erde Sorge tragen, denn
es war nur reparieren möglich. Neues herzustel-
len aus den Ressourcen des roten Planeten, würden noch Jahre vergehen, es gab daher auch keinen Grund auch das kleinste wegzuwerfen. Aus
allem konnte man mit ein bisschen Fantasie wieder etwas Brauchbares in den Kreislauf zurückho-
len. Eine Tugend, welche die Menschen auf ihrem
Heimatplaneten völlig verlernt hatten. Das zum
Leben notwendige Wasser und Sauerstoff wurden

in sogenannten Kreislaufanlagen immer wieder zubereitet und wiederverwendet. Die Hüllen der Bubbles waren doppelwandig in denen ständig Kondenswasser in grossen Mengen gebildet wurden, welche immer wieder in den bestehenden Kreislauf eingespeist wurde, so dass mit der Zeit eine immer grössere Menge Wasser zur Verfügung stand. In jedem Bubble hatte es zudem einen kleinen Wald der als Lunge diente, um den nötigen Sauerstoff zu erzeugen. Es war eine enorme und durchdachte Vorarbeit notwendig, um das gesamte «Weltraumstädtchen» in Betrieb halten zu können. Energie gab es durch die Solaranlagen in Hülle und Fülle. Für den letzten Materialflug der etwa Mitte 2070 stattfinden sollte, also etwa drei bis sechs Monate vor dem Eintreffen der Menschen, war eine Truppe von zehn Kombis geplant, welche die letzten Kleinigkeiten, die nicht ohne manuelle Eingriffe zu tätigen waren, noch erledigen konnten. Diese waren für ihre Aufgabe mehrere Monate ausgebildet und von Arawad Shing persönlich programmiert worden.

Kapitel 16

Auf der Alp im Südtirol war Georges wieder einmal auf seinem Rundgang, die Natur gab ihm etwas ähnliches wie einen inneren Frieden zurück. Die vielen Ängste und Sorgen der letzten Jahre, hatten ihn in kurzer Zeit zu einem alten Mann werden lassen. Er fühlte sich oft müde und ausgelaugt, obwohl er mit knapp sechzig Jahren eigentlich noch sehr jung war. Er hatte vorher noch in Meran die zu seiner Freude grossen Fortschritte beim Bau des Winterquartiers begutachtet. Er war darüber sehr zufrieden, dass wenigsten dieses einen positiven Verlauf zu nehmen schien. Man konnte demnach wie vorgesehen im Oktober das Winterquartier beziehen.

Er freute sich auch darauf das Fred ihn morgen besuchen wollte, um die ganze Anlage einmal anschauen zu können. Es war vorgesehen, dass er mit seiner Frau Margret und Tochter Sara am morgigen Tag in Meran eintreffen würde. In ein Meran, in dem wie durch ein Wunder vieles an Infrastruktur noch bestand, hatte. Die Schäden waren überschaubar und unter Mithilfe der gesamten Bevölkerung in einem Vernünftigen Zeitraum wieder in Stand zu stellen. Gerade als er einen steilen Abhang hinunterging spürte Georges plötzlich einen stechenden Schmerz in der linken Hüfte. Er musste sich minutenlang hinsetzten, um nur einigermassen wieder gehen zu können. Nach einer weiteren Ruhepause ging es ihm aber schnell besser und er vergass das Ereignis danach rasch wieder. Er traf in der Alphütte ein, wo er ein kleines Zimmer für sich hatte in dem er übernachten konnte und dachte an den Morgen in Meran. Früh am Morgen so gegen sechs Uhr stieg er nach einem guten Frühstück mit Brot und Alpkäse und frischer Milch ins Tal hinunter. Es waren doch fast 3 Stunden Fussmarsch die er zu bewältigen hatte. Als er über die Hälfte des Weges hinter sich hatte, spürte er plötzlich wieder den stechenden Schmerz von gestern, welcher wie beim ersten Mal nach einer Weile wieder nachliess.

Die Ankunft seiner Frau Margret, Tochter Sara und Fred war ein wunderbares Erlebnis. Sie genossen einen grossartigen Tag zusammen und es gab viel zu Lachen. Fred war von der Freilaufanlage ausgesprochen beeindruckt. Sie konnten nach diesem schönen Tag, in einem der wenigen nicht beschädigten Hotels übernachten. Morgen hiess es wieder zurück via die Schule Maggia Tal für Fred an die UNI nach Istanbul und für Georges und seine Familie nach Zug. Fred war so begeistert, dass er Georges versprach, ihn regelmässig im Tirol abzulösen, wenn er dies möchte. Georges war so gerührt, dass er mit glänzenden Augen, ohne zu zögern zustimmte. Margret und Sara waren zuerst mit dem Hyper in Zug angekommen, Georges folgte als letzter. Als dieser ankam und man die Kapsel öffnete, war Georges nicht in der Lage aufzustehen, geschweige den diese zu verlassen. Sofort rief man die Rettungssanität, welche ihn sofort ins Hospital brachten. Er wurde nach den üblichen Gepflogenheiten untersucht, es ergab sich aber keine genaue Diagnose. Er wurde für den nächsten Tag für einen Körperscan eingeplant und vorläufig überwacht. Margret war sehr besorgt, da ihr Georges nichts von den Schwächeanfällen beim Alpabstieg erzählt hatte und von der Situation völlig überrascht wurde.

In der Schule im Maggia Tal hatte sich das Leben für alle entscheidend geändert. Dies traf aber fast für alle Schulen weltweit zu. Den neben den körperlichen Tests wurde auch ein gänzlich neuer Lehrplan eingeführt. Die Sprache «Hybra» wurde zur Verständigung unentbehrlich und wurde daher stark intensiviert. Sämtliche Teilnehmer der Mission wurde nur noch über diese Sprache informiert, hatten dazu aber sicherheitshalber noch ein Übersetzungs- und Voicetool in ihrem Powerbook eingerichtet. Die Information welche Personen für die erste Marsmission vorgesehen waren wurden konkreter. Die als Formation I bezeichnete Mannschaft war inklusive der Ersatzleute, welche dann definitiv an der zweiten Mission drei Jahre danach vorgesehen waren. Die Formation II war für das nächste Mars vorhaben bestimmt. Diese Personen wurden mit dem gleichen Lehrplan bestückt, welcher sich aber ständig nach den neusten Erkenntnissen, die dann laufend von der ersten Mission geliefert wurde, den aktuellen Erkenntnissen angepassten. Dann war da noch die Formation III welche im Sinne eines langsamen Wiederaufbaus auf der Erde, die noch lebenstauglichen Regionen so gut es ging in Stand zu halten und wenn möglich sogar in eine positive Richtung zu lenken. Die Formation I und II wurden nur Personen im Alter zwischen 8 und 35 Jahren zugeteilt, alle anderen waren automatisch in Formation III. Ausnahmen gab es nur wenige, für wichtige Fachleute, welche die Missionen begleiteten. Jeder bekam erste persönlich Informationen welcher Gruppe er zugeteilt wurde, so auch Jana welche sich in der Formation I eingeteilt sah. Da nur jeder persönlich für sich benachrichtigt wurde, war die Stimmung sehr gedrückt und keiner wusste so richtig wie er damit umgehen sollte. Bald stellte sich aber in Gesprächen mit Freunden und Kollegen heraus, wer zu welcher Aufgabe vorgesehen war. Jana konnte schnell feststellen

160

das Linus und ihre Freundin Jarusa und Heidy auch in der ersten Gruppe eingeteilt war. Juniana war leider in keiner der ersten zwei Formationen dabei. Jana hatte im Moment aber noch ganz andere Sorgen, hatte sie gerade die Nachricht erhalten, dass ihr Vater im Spital lag. Dann quälten sie immer mehr Fragen über Fragen, welche die ungewisse Zukunft mit sich brachten. Was passiert mit meiner Familie? Werden wir uns je wiedersehen? Wo wird meine kleine Schwester Sara untergebracht, die dieses Jahr auch ihren siebten Geburtstag feiern konnte. Es blieb ihr nur Linus und ihre Freundinnen unter denen nun sehr intensive Gespräche abliefen.

Georges erwachte am Morgen in seinem Spitalbett und fühlte sich ein wenig besser. Immerhin konnte er wieder aufsitzen und selbstständig etwas Essen. Aber selbst ein paar wenige Schritte zu gehen war im immer noch nicht möglich. Sein Untersuchungstermin war auf zehn Uhr angesetzt, er hoffte das man die Ursachen dieser Behinderungen schnell herausfinden konnte. Er sollte nächste Woche in Meran die Details für den Alpabtrieb besprechen, so dass die Zeit für Aufenthalte in Spitälern sehr lästig erschienen. Die Zeit verlief zäh, er schaute fast ständig auf die Uhr. Seine Frau, Jana und Sara hatten sich auf morgen Nachmittag angekündigt, was ihn wieder ein bisschen beruhigte. Endlich hatte die Warterei ein Ende, es kamen zwei Krankenschwestern, welche ihn zur Untersuchung abholten. Rund zwei Stunden später wurde er ins Zimmer zurückgebracht. Kurze Zeit später kam der behandelnde Arzt und teilte ihm mit, dass sie am Auswerten der Untersuchungen wären. Er würde am nächsten Tag detaillierte Informationen erhalten. Der nächste Tag war angebrochen, die versprochene Arztvisite rückte näher. Die Tür öffnete sich und vier Ärzte und drei Schwestern betraten das Zimmer. Georges fühlte sich sehr unwohl, hatte er doch den Eindruck, dass alle ein sehr ernstes Gesicht «aufgesetzt» hatten. Worauf der Chefarzt bereits zum Sprechen ansetzte; «Ich möchte ihnen ohne grosse Umschweife ihre Situation erläutern. Wir haben bei ihnen in der Hüftgegend mehrere kleinen Tumore gefunden, welche aber diesmal bösartiger Natur sind. Zudem scheinen sie sich zu streuen, was nichts gutes verspricht». Georges wusste nicht, ob er träumte oder dies der Realität entsprach. Bevor er sich weitere Gedanken machen konnte, sprach der Arzt weiter. «Es gibt in dieser Situation nur eine Möglichkeit, schnellstmöglich eine Chemotherapie zu starten. Ich würde Vorschlagen mit dieser morgen schon zu beginnen, wenn sie damit einverstanden sind». Wie in Trance nickte Georges, er hatte mit vielem aber nicht mit so etwas gerechnet. Er rief seine Frau Margret an und versuchte ihr das vorgefallene zu erklären, bat auch gleichzeitig darum die Besuche am Nachmittag zu verschieben, denn er musste zuerst mit sich selbst klar kommen.

In der Basis in Guyana kehrte langsam wieder so etwas wie der Alltag ein. Die vergangene Woche war aufräumen und sortieren angesagt gewesen, jetzt bekam man langsam Übersicht zurück und Eden war auf dem Weg ins Leitungsbüro von Kill Spencer, um seinen Rapport abgeben zu können. Kaum hatten die Mitarbeiter Platz genommen, schrillte das Telefon von Eden, was einen sehr missbilligenden Blick von Spencer nach sich zog. Es war Edens Mutter, die ihm mitteilte, was mit seinem Vater vorgefallen war. Eden wurde kreidebleich im Gesicht und war kaum noch in der Lage klar zu Denken. Er musste sich setzen und Elenora gab ihm etwas Wasser zu trinken, aber er war nicht in der Lage seinen Bericht zu erläutern. Elenora übernahm dies für ihn, da sie ja über jedes Detail genau informiert war. Sie erklärte der anwesenden Mannschaft kurz den Vorfall mit Edens Vater und erläuterte dann den vorgesehenen Bericht. Es waren praktisch alle erarbeiteten Daten wieder vorhanden, fehlende konnten wieder aus den BackUps zurückgeholt werden. Auch in den anderen Bereichen schienen die Arbeiten wieder in geordnete Bahnen abzulaufen. Nach der Sitzung begab sich Elenora sofort ins Sanitätszimmer, wo sie Eden nach dem Zusammenbruch hingebracht hatten. Eden klärte Elenora genaueres mit was seinem Vater widerfahren war. Sie versuchte ihn so gut es ging zu trösten.

Am nächsten Tag im Hospital in Zug, wachte Georges am Morgen auf. Er hatte sich in der Nacht zu einer Entscheidung durchgerungen, welche er den Ärzten und seiner Familie mitteilen wollte. Er hatte sich nämlich entschlossen, keine Chemotherapie zu machen und sich nur noch mit den allernötigsten Schmerzmitteln behandeln zu lassen. Irgendwie hatte ihm der erneute Rückschlag jede Zuversicht geraubt, noch etwas positives in der Zukunft zu sehen. Die Ärzte nahmen seinen Entscheid zur Kenntnis, für welchen er noch einige Papiere unterschreiben musste. Als am Nachmittag Margret und die beiden Töchter Jana und Sara vorbeikamen, versuchte er ihnen so schonend wie möglich die Situation zu erklären. Natürlich wollten sie ihn unbedingt umstimmen, den man gab ihm ohne Chemo nur noch etwa drei Monate zu leben. Es brach ihm fast das Herz, wenn er seinen beiden Töchtern in die Augen sah.

Jana war sehr tapfer und versuchte ihrem Vater
Mut zuzusprechen. Margret schien wie paralysiert
und wirkte wie abwesend. Sara war sehr ruhig
und man sah nur an den gelegentlichen Tränen,
die über ihre Backen liefen, wie traurig sie kurz
vor ihrem siebten Geburtstag war. Nachdem sich
die Familie verabschiedet hatte meldete er sich
sofort bei Fred und erläuterte ihm die Sachlage. Er
war im ersten Moment äusserst geschockt, versprach aber Georges sich sofort mit der UNI Leitung in Verbindung zu setzen. Er wusste wie sehr
Georges an den noch verbliebenen Kühen hing. Er
wollte diese Arbeit in seinem Sinne weiterführen.
Ein paar Tage später bekam er die Erlaubnis, so

dass eine weiter Sorge von Georges Schultern genommen werden konnte. Mutter Margret war in der Zwischenzeit kaum noch ansprechbar, sie sass einfach da und machte einen sehr apathischen Eindruck. Sara ging zu Heidys Eltern und erzählte ihnen verzweifelt, wie schlecht es ihrer Mutter ging. Diese liessen die Mutter ins Spital bringen, wo man nach diversem Test feststellen musste, dass sie offenbar den Verstand verloren hatte. Man überwies sie in eine geschlossene psychiatrische Anstalt, das alles war zu viel für sie gewesen. Sara fand vorübergehend bei den Eltern von Heidy Unterschlupf. Es war aber geplant, da sie nächstens einen Schulwechsel machen musste, dass man sie bei ihrer Schwester im Maggia Tal platzieren könnte, was bei den bestehenden Gegebenheiten noch die beste Lösung zu sein schien.

Kapitel 17

Man schrieb das Jahr 2069 im August rund drei Monate vor dem Start der ersten geplanten Marsmission mit «Migrationshintergrund». Wenn auch immer negative Überraschungen auftauchten, war es bisher gelungen diese mit einigem Glück aber auch Können zu bewältigen. Die beteiligten Planer waren äusserts froh und zufrieden den mittleren der vorgesehenen Termine erfüllen zu können. Die Abteilung um Eden war daran die Passagierlisten aller vier Raumgleiter zu erstellen, welche peinlich genau eingehalten werden mussten. Jeder Platz wurde nach Grösse, Gewicht, Alter und möglichst in der Umgebung zusammen mit bereits bekannten Personen eingeteilt. Dadurch konnten in diesen entstehenden Gruppen die enorm wichtigen sozialen Kontakte, für einen so langen Flug, bereits geknüpft werden und schon war bereits ein kleines Problem gelöst.

Die definitiven Bescheide, welcher Formation man zugeteilt wurde, brachte sehr viel Unruhe in die noch kontrollierten Gebiete. Vor allem auch die entsprechenden Altersbegrenzungen wurden von vielen älteren nicht verstanden. So bildeten sich in rund zehn grösseren Orten Demonstrationszüge, welche für alle die gleichen Rechte for-

derten. Eine Forderung der die Menschheit seit ihrem Bestehen in ständiger Regelmässigkeit nachrennt und noch nie auch im Ansatz erreicht hatte. Vor der UNI in Istanbul rottete sich ein immer grösserer Protestzug zusammen, welcher kurz vor der Eskalierung stand. Den die UNI hatte mit ihren Tests massgeblich zu den Auswahlkriterien beigetragen und machten nun die leitenden Angestellten für ihre persönliche Einteilung verantwortlich. Vor allem Ziesenhenne und Hoarau waren ins Kreuzfeuer der Kritik gelangt. Sicherheitshalber wurden alle gefährdeten Personen in die «Kombi-Programmierungs» Forschungsstelle nach Teneriffa auf 2400 Meter gebracht. In diesem gut geschützten Revier befanden sie sich in Sicherheit. Und die technischen Möglichkeiten, weitere wichtige Aufgaben für die vorgesehenen Missionen zu übernehmen, waren von dieser Stelle auch vorhanden. Man hatte mit Protesten gerechnet, aber nicht in diesem Ausmass. Die Gewalt schaukelte sich auf und an diversen Orten musste man Tote und Verletzte beklagen. Die Rücksichtslosigkeit des eigenen ICHs oder dem Willen zu überleben, liess jeden gesunden Menschenverstand in sich zusammenfallen. Argumente zählten da nicht mehr, das Chaos war angerichtet. Die Feststellung mit dem Communiqué wohl mehr Angst als Aufklärung betrieben zu haben kam zu spät und war nicht mehr rückgängig zu machen.

Dabei war die gut gemeinte Idee vor allem die Formation III für den Wiederaufbau von bereits vorgesehenen Gebieten auf der Erde motivieren zu können, wurde plötzlich als Strafe angesehen. Dies würde aber den Willen und vor allem die Einigkeit untereinander voraussetzem, dieses Projekt mit jedem einzelnen zurückgebliebenen auf der Erde angehen zu können. Laufend wurden immer mehr Theorien im Netz angeboten, in welchem nun derart haarsträubende irre Geschichten auftauchten die zusätzlich immer mehr Unruhen nach sich zogen. Man durfte davon ausgehen, dass unter diesen Umständen dieses Vorhaben kaum mehr umzusetzen war. Die wohl «gröbste» These, war die die führenden «Köpfe» hätten Dämonen in sich und würden nach dem Start der «Auserwählten» die Erde verglühen lassen.

Als an diesem Morgen in der Klinik in Zug die Sonne aufging, schrillten aus dem Zimmer von Georges die Alarmglocken. Die herbeieilenden Schwestern stellten einen Herzstillstand fest. Sofort wurde alles unternommen ihn wieder zu reanimieren, mussten aber nach einer halben Stunde erschöpft feststellen, dass man keine Chance hatte ihn wieder ins Leben zurückzuholen. Die Nachricht vom Tode ihres Vaters war für die Kinder ein grosser Schock, Eden meldet sich sofort bei seinen Schwestern Jana und Sara damit sie sich gegenseitig etwas trösten konnten.

Mutter Margret kam von alledem nichts mit, sie lebte in einer eigenen Welt. Obwohl man versuchte es ihr irgendwie mitzueilen gelang dies nicht. Sie schaute lieber den Vögeln durch das Fenster zu und machte mit ihren Armen deren Flügelschlag nach, als ob sie im Zimmer herumfliegen könnte. Durch die überall herrschenden Unruhen war es unmöglich geworden, öffentliche Begräbnisse abzuhalten, dadurch wurde auch Georges einsam und allein eingeäschert. Einzig

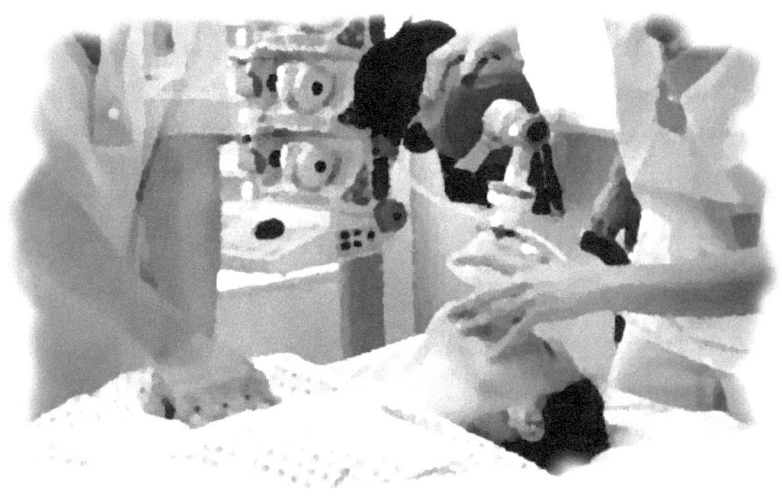

der Spitalpfarrer war zugegen und sprach seinen Segen und zwei zum Standard gewordene Bibelstellen. Wie 1. Buch Mose Kapitel 3, Vers 19; «Im Schweisse deines Angesichts sollst du dein Brot essen, bis dass du wieder zu Erde werdest, davon du genommen bist. Denn du bist Erde und sollst wieder zu Erde werden.» Viele dieser trostlosen einsamen Beerdigungen musste der Pfarrer wöchentlich öfters durchführen, Szenarien, die für ihn zum schrecklichen Alltag geworden waren und auch ihn an seine Belastungsgrenze führte.

Jana, Linus und Sara waren so etwas wie eine kleine Familie geworden. Sara hatte zudem mit Heidy eine gute Freundin gefunden, obwohl diese einiges älter als Sara war und sich im Maggia

Tal gut eingelebt. Natürlich war die Trauer für ihren verstorbenen Vater sehr gross, was aber fast noch schlimmer war, dass sie nie richtig Abschied von ihm nehmen konnten, denn es gab weder eine Beerdigungsfeier noch eine Grabstätte. Etwas auf andere Gedanken kamen sie als bekannt wurde, dass die Namen ihrer Schule der Passagiere für die erste Marsmission an der Infostelle angeschlagen worden war. Eiligst wollten natürlich alle Wissen wer zu den etwas über einhundertdreissig «auserwählten» der Schule gehörten. Auf dem Weg dahin kam ihnen eine bitterlich weinende Juniana entgegen, sie befand sich nicht auf der Liste und wahr schrecklich traurig, dass offenbar sonst fast alle ihrer Freundinnen an der Mission teilnehmen konnten. Jana nahm sie in den Arm und versuchte sie zu trösten und ihr die Hoffnung zu geben vielleicht in der zweiten Mission dabei sein zu dürfen. An der Infotafel war ein wahrer Menschenauflauf von wild durcheinander diskutierenden Schülern. Es waren viele Tränen zu sehen, aber auch ein paar wenige lachende Gesichter. Als Jana und Linus es endlich schafften bis zur Liste zu gelangen, stellten sie zufrieden fest, dass ihre beiden Namen darauf standen. Aber Jana wollte auch noch sehen wer denn ausserdem noch mit dabei war, und überflog die Liste. Trotz mehrmaligem Durchgehen fehlte ihre

Schwester Sara darauf. Dies beunruhigte sie sehr und konnte sich dies nicht erklären. Auch Linus konnte sie kaum noch beruhigen. Sie schrieben Rektor van Halen an und baten um eine Antwort, diese kam überraschend schnell, da man jetzt möglichst nicht noch mehr Unruhe schüren wollte. Er schrieb ihnen, dass durch die vorgegebenen Alters-Limiten von acht bis fünfunddreissig Jahren Sara mit ihren sieben Jahren dieses Kriterium nicht erfüllte, darum für die erste Mission keine Berücksichtigung finden konnte. Es sei aber durchaus möglich, dass Sara bei der zweiten geplanten Mission in drei Jahren Unterschlupf finden könnte. Dann wäre auch die Altersgrenze erfüllt. Als Jana dies lass, tobte und schrie sie herum, Linus hatte sie noch nie so gesehen. Sie brüllte ohne ihre Schwester bleibe sie auch hier, ihr Zustand wurde immer tragischer und schien in einen Tobsuchtsanfall auszuarten. Linus blieb nichts anderes übrig als die Notfallstelle zu informieren, von welcher sie mit einer Beruhigungsspritze wieder in einen berechenbaren Zustand zurückversetzt werden konnte. Um keine unnötigen Risiken einzugehen wurde sie in einen vorübergehenden Tiefschlaf versetzt. Inzwischen hatte sich Linus entschlossen mit ihrem Bruder Eden Kontakt aufzunehmen, da dieser ja direkt mit den Besetzungen der Raumfähren involviert war. Eden war selbst hin und hergerissen, vor allem weil Sara auch seine beiden Eltern nicht mehr zur Verfügung hatte und sonst irgendwie in einem Heim untergebracht werden müsste. Eden versprach sich für die Berücksichtigung seiner Schwester einzusetzen und werde sich gleich morgen Früh mit Kill Spencer in Verbindung setzen. Er glaube, dass vielleicht eine Möglichkeit bestehen würde, da bei jeder Beladung ein kleiner Spielraum vorgesehen war, welcher bei dringenden Fällen Ausnahmen erlauben würden. Eden versprach sich bei Linus möglichst rasch wieder zu melden. Leider schienen die schlechten Nachrichten nicht abreissen zu wollen. Wie über die News Kanäle verbreitet wurde, war eine Frau aus dem Fenster des vierten Stockes der psychiatrischen Klinik in der Nähe von Zug gesprungen und konnte nur noch tot geborgen werden. Wie es sich herausstellte war es Mutter Margret, welche einen unbeaufsichtigten Moment nutzte, ihr unglücklicherweise unverschlossenes Zimmer zu verlassen und den langen Gang entlanglief wo ein Fenster speerangelweit offen stand. Da sie in ihren Wahnvorstellungen tatsächlich der Meinung war fliegen zu können, nahm die nächste Tragödie nur eine Woche nach dem Tode ihres Mannes einen weiteren tragischen Verlauf. Obwohl Jana inzwischen wieder aufgewacht war, wollte man ihr eine weitere Hiobsbotschaft ersparen und wartete mit dieser Nachricht vorerst noch ab. Linus hatte sich aber inzwischen frühzeitig wieder bei Eden gemeldet, um ihm diese traurige Geschichte mitzuteilen. Dieser war natürlich auch völlig überrascht und entsetzt, darum gehe er auch davon aus, dass nach diesem Vorfall eine Berücksichtigung für Sara möglich wäre. Linus versuchte Jana vorab mit diesen Aussagen zu beruhigen, welche ihr wieder etwas Zuversicht zurückgab. Darum war die Freude um so grösser als anderntags die Meldung kam, dass Sara an der ersten Mission als letztes Mitglied dabei war.

Nach dieser Nachricht erholte sich Jana sehr schnell und schien bald wieder die alte zu sein, trotzdem war Mutters Tod noch Tabu.

Auf den Strassen von Istanbul kam es ständig zu grösseren Tumulten, welche immer mehr in Strassenschlachten ausarteten. Die viel zu wenigen Sicherheitskräfte hatten kaum noch Chancen die Ordnung nur einigermassen in zu erhalten. Im Gegenteil von der Situation angezogene Banden und Horden mit ihren eigenen Gesetzen, versank die Stadt in ein immer fataleres Chaos. Aber nicht nur in Istanbul auch in dutzenden anderen Städten zogen plündernde Rotten umher und zerstörten noch die letzten organisierten, menschlich humanen Zentren. Es entwickelte sich überall eine Anarchie, dem Gesetzt des stärkeren. Man musste sich schon Sorgen machen um die erste Marsmission, geschweige von der bereits geplanten in drei Jahren. So hatten sich einzig wenige «Outlaws» die Freiheit genommen, alles ohne Einschränkung zu ihrem Eigentum zu vereinnahmen, was ihnen beliebte. Nur erlebte das die Erde nicht das erste Mal als die Eroberer und später die weissen Ausbeuter der damaligen Bevölkerung alles wegnahm und diese Völker praktisch in den Untergang trieben. Alles schien sich zu wiederholen, nur das diesmal der gesamte Planet dem Untergang geweiht war und für die zurückgebliebenen kein anderer Planet als Wahlmöglichkeit mehr vorhanden war.

Kapitel 18

15. September 2069 der grosse Aufbruch beginnt. In der Schule im Maggia Tal, war wie in allen übrigen Gebieten, welche in der Formation I der Marsmission eingeteilt waren Hektik, Freude, Trauer und Spannung zugleich zu spüren. Ein Gefühlschaos, welches nur jemand der dies einmal miterleben durfte, sich nur im Ansatz vorstellen konnte. Linus hatte Jana und Sara tags zuvor die Nachricht vom Tod ihrer Mutter überbracht. Sie nahmen es überraschenderweise sehr gefasst. Zu Linus Verblüffung meinte Sara sogar, dass dies für ihre Mutter so etwas wie eine Erlösung sein könnte. Denn sie erkannte ja niemand mehr und auch Sara war für ihre Mutter eine Fremde. Es war ein beängstigendes fast schon unheimliches Erlebnis vor seiner geliebten Mutter zu stehen, mit der man so viele schöne Zeiten erlebt hatte und ausser den leblosen Augen nur eine Person die sich wie eine ferngesteuerte Puppe bewegte, vor sich hatte.

Alsbald gingen sie mit den wenigen benötigten Dingen, die sie für ihr weiteres Leben brauchten auf einen der Transporthelikopter zu, welche ihre Gruppe auf den Stützpunktflughafen nach Lyon bringen sollte. Von dort ging es weiter mit Grossraumflugzeugen auf die Basis nach Guyana, wo sie nach vierzehntägiger Quarantäne und letzten Untersuchungen für den Start am 9. Oktober vorbereitet wurden. Jeder bekam im Camp noch zusätzlich, auf ihn abgestimmtes Material, welches auf dem Mars unentbehrlich war. Die Ankunft in Guyana verlief reibungslos und das provisorische Lager füllte sich nach und nach. Vorräte waren die meisten schon eingetroffen. Die zur Mission gehörenden Kleintiere wurden erst am Schluss angeliefert.

Einen Tag später waren alle 1064 Personen eingetroffen und wurden zur Eingewöhnung bereits mit dem Tagesprogramm, welches dann auch in den Raumfähren vorgesehen war, eingewiesen und vorbereitet. Die Gesamtzahl stimmte nicht ganz, es war noch eine zusätzliche Person mit einer Sonderbewilligung eingetroffen, die siebenjährige Sara. Jeder musste täglich zu einer ärztlichen Kontrolle, denn wenn in einem der Gleiter Krankheiten oder gar eine Epidemie ausbrechen würde, wäre ihre Mission sofort beendet. Jede Besatzung bestand aus technischem Personal, teilweise aus den programmierten Kombis bestehend, Ärzten und Pflegebetreuern. Vor allem auf die psychische Betreuung wurde grossen Wert gelegt, eine solche vierzehnmonatigen Reise war absolutes Neuland für solche grossen Gruppen.

In jedem Gleiter hatte es einen gut ausgerüsteten OP, in dem bei Notfällen auch Operationen durchgeführt werden konnten. Jedes der vier Raumschiffe wurde auch mit Angestellten der Büros, welche bei der ganzen Organisation und Umsetzung dabei waren und so alles bis ins kleinste Detail kannten, bestückt. Eden und Elenora waren schliesslich im Gleiter drei eingeteilt in dem auch seine Schwestern und Linus vorgesehen waren. Es hatte noch kleine Streitigkeiten gegeben, da Eden und Elenora ursprünglich in der zweiten Fähre eingeteilt waren. Aber sie konnten sich glücklicherweise friedlich über einen Abtausch einigen. Die aber grösste Herausforderung war die Schwerelosigkeit, diese Situation war in den letzten Monaten mit sämtlichen Teilnehmern intensiv und so gut es ging immer wieder geübt worden. Teilweise in Wassertanks oder in den wenigen Centren in welchen bisher Raumfahrer in «dieser Disziplin» trainiert wurden. Dies kamen vor allem auch Jana und Sara zugute, welche ja viel mit ihrem Bruder Eden im damals noch bestehenden Fisch See tauchen durften, was sich im Nachhinein als ungewollt positive Voraussetzung herausstellte.

Die Zeit schien im wahrsten Sinne des Wortes wie im Flug vorüber zu gehen. Bereits in zwei Tagen waren die Abflüge in die unbekannte Zukunft eines kleinen «Häufchens» von hoffnungsvollen Menschen herangerückt. Die Raketen von eins bis vier sollten im Abstand von einer Stunde gestartet werden. Gestern war noch eine «Trockenübung» anberaumt worden, sämtliche Lebewesen mussten innerhalb zweier Stunden von ihrer jetzigen Zwischenstation, vollständig in ihrer zugeteilten Raumfähre installiert sein. Dies erforderte eine gute und zügige Organisation, welche zeigen würde, ob Eden und seine Crews gute Vorarbeit geleistet hatten. Die Übung verlief, von kleineren Unzulänglichkeiten abgesehen, beinahe perfekt, so dass man mit Zuversicht den Starts entgegenblicken konnte.

Arawad Shing war auf Teneriffa damit beschäftig seinen vermutlich letzten Auftrag in Angriff zu nehmen. Er sollte des Universums weiter Gegenpol zum Internet entwickeln. Er war schon weit vorangeschritten, es ging darum auch fremde Planeten in gleicher Weise vernetzen zu können. Vorgesehen war, dass man ab Windows 100 über die Adressen **k.w.w.** (Abkürzung für kosmo wide web) auch mit anderen bewohnten Gestirnen kommunizieren konnte. Deshalb war auch der Mars der erste Kandidat dieses Vorhabens. Die erste Homepage war auch schon geboren und lautet: kww.edenkommuncation.mars. Sie sollte einen Monat nach dem Eintreffen der ersten Marsmission in Betrieb genommen werden. Dies war ein Projekt, auf das er sehr stolz war, denn noch niemand hatte es bisher geschafft etwas ähnliches zu entwickeln. Es war auch so etwas wie die Krönung seines Lebens. Denn er litt an einer unheilbaren Krankheit, sein Augenlicht verdüsterte sich immer mehr und in einigen Monaten würde er wohl gänzlich Blind sein. Er hatte schon das Stadium der Farbblindheit erreicht und konnte nur noch in Grautönen sehen. Zu grossen Glück noch gut genug, um seine Arbeit vorläufig fortsetzen zu können. Aber es trieb ihn noch etwas ganz anderes um, sein überaus schlechtes Gewissen, den als Chefprogrammierer der Kombis hatte er tausenden eigentlich normalen Menschen ihre Identität ihre Gefühle weggenommen und sie zu willenlosen Werkzeugen manipuliert.

Eine Schuld, die seine Seele aufs äusserte, belastete. Er hatte darum in den letzten Monaten immer mehr zu seinem Schöpfer gebetet, denn er war auch durch seine Beobachtungen in der Milchstrasse und noch darüber hinaus, sehr sicher, einen Gott gefunden zu haben, welcher diese unfassbaren Welten geformt haben muss. Darum ging er jeden Abend aufs Dach des Weltraumteleskops, setzte sich und schaute zum Vulkan Teide und glaubt eine Sternenansammlung zu erkennen, die einem Trapez glichen aber keinem der bekannten Sternzeichen zugeordnet werden konnte, während den Gebeten hatte er das untrügliche Gefühl in einem Strudel einer starken unbekannten Kraft geraten zu sein. Er war überzeugt, dass seine Blindheit eine Strafe Gottes für seine Verfehlungen mit den Kombis war. Er hatte dies auch zu seinem Vater einem sehr weisen Mann, der im indischen Mumbai mit mehreren Angestellten zehn gutgehende «Street Food» Läden betrieb. Dieser meint; «Mein Sohn, die Kombis gibt es schon lange und zwar milliardenfach, sie lungern alle freiwillig, nicht mit einem implantierten Chip, aber mit einem Smartphone der wie angeklebt in ihren Händen festsitzt durch die Gegend.» und fuhr nach einer Weile fort; «Seit es diese Technik gibt, ist eine Seuche in den Köpfen der Menschheit ausgebrochen, sie bestellen sich darüber ihren «Fast Food Frass» welcher die gleiche Wirkung hat, als ob sie in Fett getränkte Kartonschachteln essen würden. Die Menschen werden fett, ihr Immunsystem funktioniert kaum noch. Bei jeder Kleinigkeit brechen sie fast zusammen und brauchen teure Medikamente, welchen den Chemiemächtigen Milliarden in die Kassen spülen. Durch die defekten Immunsysteme werden sie zu Freunden von allen möglichen Seu-

chen, welche wiederum durch chemische Impfungen als angeblich einzig mögliche Lösung, der Chemie einen erneuten «Goldrausch» beschert. Da lobe ich mir unser gesundes Essen, welches all dem entgegenwirkt.» Sein Vater wurde bei diesen Themen immer in einen emotionalen Strudel gezogen und war kaum noch zu bremsen. Awarad Shing lächelte als er an diese Diskussionen dachte und schaute fasziniert in das Sternenmeer des Nachthimmels.

Der grosse Tag des Abschiednehmens war gekommen, alle Teilnehmer der Mission wurden um sechs Uhr morgens geweckt. Bereits war der 9. Oktober, der erste der vier Raumgleiter sollte um 13 Uhr von der Startrampe abheben gefolgt mit einem Abstand von einer Stunde für die jeweiligen nächsten. Lief alles nach Plan sollte die letzte kurz nach 16 Uhr abgehoben sein und den anderen in den Orbit folgen. Trotz den häufig geübten Abläufen war eine grosse Nervosität zu spüren und manche waren in ihren Grenzbereichen angelangt.

Jana und ihre Gruppe 3 für welche zeitlich der Start um 15 Uhr eingeplant war. Nachdem jeder noch ein kleines Frühstück zu sich genommen hatte, mussten die ganzen persönlichen Sachen, welche alle gross mit farblich unterschiedlichen Nummern der jeweiligen Gruppe gekennzeichnet war, zu den Raumfähren gebracht werden. In ihren speziellen einheitlichen Anzügen hatte jeder auch Weltraumnahrung auf sich, da in einem Zeitraum vom Einsteigen bis etwa eine Stunde nach dem Abheben jeder für seine Verpflegung selbst verantwortlich war. Dazu hatte jeder auf allen persönlichen Sachen seinen ihm zugeordneten Strichcode. Nochmals wurde alles gescannt, bevor es endgültig ins Raumfahrzeug verladen werden konnte. Alle anderen Materialien befanden sich bereits in den Lagern der Raumfähren.

Es waren also als letztes nur noch die Lebewesen und persönliche Gegenstände zu verladen. Kaum war dies geschehen schlossen sich die Luken der

Raumfähren und das endlos scheinende warten auf das Abheben hatte begonnen. Eine gefühlte Ewigkeit später zitterte plötzlich der gesamte Raumgleiter und ungewohnte donnerartige Geräusche waren zu hören. Es war Punkt 13 Uhr, die erste Rakete hatte vom Weltraumbahnhof in Guyana abgehoben. Das gleich wiederholte sich eine Stunde später. Dann waren sie endlich selbst daran. Die ganze Mannschaft in Raumschiff 3 konnte sich dann den «Countdown» der im inneren der Fähre, welche sie auf mehreren Monitoren mitverfolgen konnten, mitbeteiligen. Zehn… neun…acht…sieben…sechs…fünf…vier…drei… zwei…eins Zündung. Die Rakete hob mit einem ohrenbetäubenden Lärm ab und drückte jeden in seinen Sitz, dass die meisten meinten sie würden von einer Dampfwalze überfahren. Dieses sehr unangenehme und beängstigendes Gefühl dauert nur ein paar Minuten, dann kehrte sich der Druck in eine unerwartete Leichtigkeit um. Alles was noch nicht vorschriftsgemäss befestig oder versorgt war, schwebte plötzlich im Innenraum der Fähre herum. Um 16.01 waren alle vier Raumschiffe erfolgreich gestartet mit Ziel Mars. Die lautlose vierzehnmonatige Reise der in hundert Kilometer Abstand parallel zueinander fliegenden Raumgeschwaders war Wirklichkeit geworden.

Die Mannschaft von Arawad Shing beobachtete
derweil vom Teide Zentrum mit den Weltraumte-
leskopen gespannt die Vorgänge im Raum und
verfolgten die vier mit hoffnungsvollen Erden-
bürgern besetzten Raumschiffe, welche sich stetig
fast wie in Zeitlupe von ihrer Heimat entfernten.
Shing zog sich nach einiger Zeit zurück in sein
Programmierungs-Labor denn immer öfters spielten ihm seine Augen einen Streich, er musste unbedingt sein Vorhaben mit dem «KosmoNet» zu

Ende führen, dann war seine Aufgabe erfüllt. Er arbeitete Tag und Nacht bis zur körperlichen Erschöpfung und es schienen sich erste Erfolge abzuzeichnen, denn die Überbrückung der enormen Distanzen war eine besondere Herausforderung. Er verfolgte seit Jahren die Idee aus der schnellsten bekannten Transportquelle dem Licht variable Informationen einbauen zu können und diese Sekunden schnell auf andere Planeten zu verschicken. Ein erster Test mit diesem System war für heute Nacht mit einer Videokonferenz zum Raumschiff 3 in dem Eden sass zu realisieren. Es gab wohl bereits verschiedene Ansätze und man hatte auch schon Geräte auf anderen Planeten steuern konnte. Es war aber alles sehr langsam, so dass eine massive Beschleunigung und Steigerung von sehr viel grösseren Datenvolumen eine wichtige Rolle für die Kolonie der Erdbewohner auf dem Mars spielen könnten. Er ging hinunter in den grossen Konferenzraum und die ganze Mannschaft konnte Zeuge eines ersten Versuchs werden. Es wurde zu einem vollen Erfolg. Die Verzögerungen konnten bereits halbiert werden und die Bildqualität auch sehr verheissungsvoll. Eden meldete, dass alle wohlauf seien, ausser das ein paar Passagieren ab den ungewohnten Bedingungen die Übelkeit schon etwas zu schaffen machten. Auch bei den anderen Gleitern, die laufend Kontakt zueinander haben schien alles in Ordnung zu sein. Arawad Shing begab sich danach auf das Dach des Observatoriums sah lange in den Sternenhimmel, setzte sich dann hin und suchte das Trapez am Nachthimmel. Er setzte zu einem Gebet an. «Lieber und einziger Gott Schöpfer von allem, gib dieser Gruppe von Menschen eine Chance, denn es wird die einzige und letzte Möglichkeit sein ein Überleben zu sichern. Gib ihnen vor allem mehr gesunden Menschenverstand, als denen die unsere Erde in den Abgrund geführt haben. Ich Danke Dir persönlich was ich hier auf diesem Planeten tun durfte. Auch ich habe viele Fehler begangen ich bitte Dich darum, mit allem was ich habe um Verzeihung.

AMEN

Er sass noch lange mit Tränen in den Augen da und döste dann ein, während sich vier Raumschiffe immer weiter von ihrem ehemaligen unendlich schönen blauen Planeten entfernen.

Diese Homepage ist zu erreichen ab Januar 2071 mit Windows 100. Ich gehe davon aus, dass alle Leser die dieses Datum noch erleben dürfen, die neusten Informationen darin finden werden. Der Autor wird wohl dieses Vergnügen nicht mehr geniessen dürfen und wünscht euch bis dahin viel Glück.

kww.edenkommuncation.mars

Der Autor euer PEPO

Zeitfracht Medien GmbH
Ferdinand-Jühlke-Straße 7
99095 Erfurt, Deutschland
produktsicherheit@kolibri360.de